愛され転生幼女は
家族のために辺境領地を救います！

トロ猫

目次

CHARACTERS
エミリオ
ルシアの父親。優秀だが政治関係が下手で辺境へ左遷されてしまう。第一王子派閥。
バネッサ
子爵家のメイド。猫獣人でたまに猫耳をモフモフさせてくれる。炎の魔法の使い手。
ルシア
前世知識とチートな泥魔法を駆使して辺境暮らしを満喫中！
ティルム
辺境領地で出会う犬獣人の男の子。危機一髪のところをルシアとルリに助けられる。

―愛され― 転生幼女は家族のために辺境領地を救います!

ルリ

ミーアキャットみたいな聖獣。
ルシアと契約して一緒に
暮らすようになる。

ジェイク

第一王子から子爵の護衛を
命令されている傭兵。
ルシアのことを可愛がってくれる。

ジョセフ

辺境領地で悪政を働いている
悪代官。私利私欲で領民を
搾取している。第二王子派閥。

メイソン

子爵家の家令。辺境領地まで
ついてきてくれ、エミリオの
右腕的存在。怒ると怖い。

ロン

ジェイクと同じく護衛の傭兵。
抜けているところがあり
ジェイクに注意されがち。

コンラード

ジョセフの使用人。獣人である
バネッサに当たりが強く
横柄な態度をしている。

ブラッドリー

第一王子。第二王子とは
王位継承権争い中で、その関係で
エミリオを辺境へ派遣した。

ルシア、辺境の地へと向かう

激しく揺れる馬車から遠くなってゆく王都を眺めながらなんとも言えない気持ちになる。

馬車の屋根に落ちる雨の音が静かな車内に響く中、目の前に座る父、エミリオ・グランデスの顔を凝視する。

「雨が止《や》むまで待てばよかったのに」

「ルシア、そんなに父を睨《にら》まないでくれ」

睨んではいないけれど、確かに顰《しか》めっ面をしていたかもしれない。だって、何もこんな雨の日に移動しなくてもよかったのに……。

「早く雨が止むといいなぁ」

「向かう領地はどんな場所だろうね。ルシアも楽しみだろう？」

呑気《のんき》にそう言う父に対して毒を吐きそうになるのを我慢する。なんせ、私はまだ三歳児だ。静かにしておくけれど、心の中では楽しそうに笑う父の顔を引っぱたきたかった。行く領地は辺境オブ辺境だと聞いた。

父よ、気付け！　私たちは体のいい左遷に遭っているだけだ！

◇◇

私、ルシア・グランデスは父のエミリオ・グランデス子爵の一人娘だ。母のエステラ・グランデス子爵夫人は私が一歳になる前に他界している。風邪をこじらせそのまま帰らぬ人となったと聞いた。

父は政略結婚だった母のことを今でも愛しているようで、胸ポケットの懐中時計の中にある母の写し絵をよく眺めているのを見る。

私は数日前に三歳の誕生日を迎えたばかりだが、実は前世の記憶がある。

一歳になった日、自宅の庭で転んで頭を打った拍子に前世の記憶を思い出すまでは普通の幼女だった、と思う。

馬車の小窓に映る自分の顔を見つめる。

この幼女が自分だと慣れるまで結構時間が掛かったんだよね……でも前世の記憶を取り戻してからはみるみるうちに字の読み書きも覚えたし、使用人などが私を幼子だと思って近くで世間の噂話《うわさばなし》などをしていたのも堂々と情報収集できた。

この国の文字が前世の英語のアルファベットに似ていたのが助かった。

父は私を才女だと褒め、通常五歳から付ける家庭教師を二歳の時に付けてくれたのもラッキーだった。

私の外見は両親のいいとこどりをしたのか、父譲りの菫色《すみれいろ》の大きな瞳と絵姿で見た母譲りのきらめくような藍色の髪だ。

自分で言うのもなんだけれど、私、普通に可愛い……。

前世の記憶を取り戻した当初、自分の顔が可愛らしくて鏡で何度も確認したのが今では少し恥ずかしいほどだ。

前世の私、小井戸《こいど》朱莉《あかり》は月並みの容姿だったけれど、特にそれに不満はなかった。

心残りがあるとすれば、もう少し長生きをしたかった。

前世の私は田舎で育ち、就職先も田舎の小さな会社だ。毎日がのんびりした人生だったと思う。唯一の楽しみは趣味のサイクリングと実家の庭いじりくらいだ。どこにでもいる三十代の日本人女性だったと思う。

別に田舎ラブではないけれど、人の多い場所はそれほど得意ではないので田舎生活で十分満足していた。

そんな人生があっけなく終わったのは、会社に向かう途中で車をスリップさせた横転事故だった。単独事故で人を巻き込まなかったことは幸いだったけれど、その日は今日みたいな雨が降っていてどんよりしていた。

「余計に気分がしゃが――さがる」

たまに出る舌足らず。これぱかりはまだ直らない。身体が成長するまで待つしかない。

さらに勢いを増した雨にため息を吐《つ》きながら馬車の外を見ていたら、父から心配そうに注意される。

「ルシア、そんなに窓に張り付いていたら冷えてしまうよ」

「はーい」

確かに手が冷たくなっていた。ほんのちょっと前までは夏だったのに、いつの間にか秋雨がしとしとと降る季節になっている。子供の身体ではやはり寒く感じる。

すぐにメイドのバネッサが私を抱え膝へと乗せる。バネッサは十代後半くらいの赤髪の猫獣人の女性だ。

「ルシア様、お手が冷たくなっておられますよ」

「本当だ」

「『ウォームス《あたたかく》』」

バネッサが炎の魔法を唱えると冷たかった手がポカポカと温かくなる。

膝の上で手を温めてくれたバネッサの顔を見上げながら礼を言う。

「バネッサ、ありがとう！」

「寒くなります。もっと温かくしましょう」

バネッサが私をブランケットに包みながら笑顔を向ける。バネッサの笑顔はレアなので凝視すると、恥ずかしそうに視線を逸《そ》らされた。

獣人に魔法……そう、今世、私が生を授かったのは地球ではないどこかだ。

異世界ですよ、異世界。まさか、田舎のアラサーの死後に異世界が待っているなんて想像もできなかった。

この世界には前世の日本のような自動車や電車などの技術は聞く限り存在していない。でも、代わりに魔道具という魔物や鉱山から採れる魔石というものを使用した電灯、通信器具などの便利品はある。それになんと言っても魔法があるのだ。

種族地位に関係なく全員が三歳になると教会で行う祝福の儀にて魔法を授かる。その時に授かる魔法は主に一つらしい。

父の魔法は風魔法、バネッサは炎魔法、それから他界した母は花魔法だったという。父の魔力は中級以上の魔力値があり、使える魔法は風を吹かせることらしいが実際に父が魔法を使用したところを今まで見たことがない。

生前の母はよく魔法で庭の花を咲かせていたと父に聞いた。王都の家の庭には母が咲かせたという大きな薔薇《ばら》が今でも残っている。

バネッサの魔力値は知らないけれど、手やポットを温める魔法しか見たことがないので父よりも魔力は少ないのかもしれない。

バネッサは私が記憶を取り戻した一歳の時、グランデス子爵家のゴミを漁《あさ》っていたところを捕まったストリートチルドレンの一人だった。

他の子は父が孤児院に入れたが、バネッサは当時十五歳くらいと推測され孤児院の年齢制限により保護を拒否された。

再び路上に返されそうになったバネッサを私が父にお願いしてメイドに取り立ててもらった。だって、絶対モフモフの猫耳――ううん、バネッサは捕まった当初、他の子たちを庇《かば》い自分に罪をと嘆願していたのだ。そんな人が悪い人のわけないからどうにか助けてあげたかった。

今回、親子で辺境に向かうことになった時、父は王都の屋敷にいた使用人の今後を考慮して多くの者に暇を出したけれど、バネッサは私たちについてきてくれた使用人の一人だ。

今回の旅はバネッサ、家令のメイソン、それから護衛として雇った傭兵《ようへい》の二人で旅をしている。

傭兵はジェイクとロンだと父に紹介され、二人とは出発前に軽く挨拶をした。私の想像していた傭兵よりも二人はずいぶんと礼儀正しくて小綺麗《こぎれい》だった。

「ルシアはブランケットに包まれていても可愛いな」

目の前でデレデレと表情を崩しながら父が言う。亜麻色の艶のある髪、菫色の透き通った瞳は父のよい人柄に似合っている。父を凝視しているとさらに満面の笑みを向けられた。

「お父さま……」

ニマニマする父を見ながら心の中でため息を吐く。

この、人がよすぎることが唯一の欠点になるとは……。

父は元は王都に住む領地を持たない子爵だったが、その平均より高い魔力値と頭のよさで王宮の文官の職に就いていた。

しかし、頭のよさは決して全てにおいて順風という話ではない。勉強はできるけれどってやつだ。それに、父は人徳はあるものの政治面に関してはマイナスが付くほど疎かった……というより野心がないのだ。

今回、私たち親子が辺境の地へと引っ越している理由も政治的に父が弱かったからだ。いや、一応領地を賜ったので昇進ではあるけれど……。

私に前世の記憶があることは父も誰も知らない。父は私のことを才女と思っているようだけれど……。ただ単に中身がアラサーなだけだ。

父は私から得た前世の知識をヒントに王都の都市開発を進めたことで第一王子からも一目置かれる存在になっていたという。

そんな仕事が順風満帆の父が目障りな人間がいたようだ。結果的に昇進という名の左遷コースというわけだ。とにかく父を王都から遠ざけたい人たちの目論見は達成されてしまった。あくまでも三歳児の私が周りの使用人たちの会話の内容から推測した結論だけれど……。

さらに顔が崩れる父にバネッサが注意する。

「旦那様、そんな顔でお嬢様をご覧になっていると怖がられますよ」

「でも、ルシアがこんなに可愛いから。バネッサもそう思わないかい？」

「……もちろん、お嬢様は可愛いです」

二人ともありがとう。なんだか、心は温まったよ。でも、二人が私の両脇に来ると馬車のバランスが偏ってしまう。

ほのぼのとした馬車の中の雰囲気になんだか辺境の地に左遷されているのを忘れそうになる。

いまだに顔が近い父に尋ねる。

「急いで王都を出発したけれど、おじいちゃまたちにはお手紙は書いたのですか？」

「ああ、そうだね。一応、手紙は書いたよ……まだ届いてはいないだろうけれど」

父が苦笑いしながら目を逸らす。

父の生家は王都からは離れた北部にあるスヴェン伯爵家だ。伯爵と言っても大きな勢力を持っていないという。

実際、私も父の実家の人間とは一度も会ったことがない。父との関係はよくも悪くもないという。スヴェン伯爵家は狩りや剣の技術で子育てをするらしく、次男で本の虫だった父のことは、子爵の地位を授けた後はほぼ放置のようだ。

父が眉を下げながら言う。

「辺境ではルシアに負担をかけてしまうかもしれない。済まないな」

「お父さま、ルシアは田舎でも何も問題ありません」

これは事実だ。前世は元々田舎出身であるし、特に王都に未練はない。

現に三歳児の私は、屋敷から出ることが片手で数えるくらいしかなかったので懐かしむこともない。五歳になれば、交流会という子供たちの集まりが開催されるけど……今の私には屋敷の中の人以外の知り合いもいない。

王都の屋敷は母との思い出があるので、父は管理人を置いてそのまま手元に残すことにしたと聞いた。なので、王都を訪れる際は滞在できる場所はあるということだ。でも、生活環境が変わることには違いない。辺境は色々と不便なことも多いだろうと思う。

そんなことを考えていると段々と瞼《まぶた》が重たくなってきた。

ガタッと馬車が大きな音を立て揺れると、御者席にいるメイソンに父が声を掛ける。

「大丈夫か？」

「はい。ですが、ここからは今まで以上に揺れます。ご注意を」

その直後、再び馬車が大きく揺れる。

馬車、結構揺れるなぁ。

王都を流れる運河、スーリア川を使えば辺境でも短縮した日程で移動できるらしいのだけれど、私たちが向かう東部の辺境はその川沿いではない場所に位置している。要するに人の行き交いが少ないド田舎である。

辺境の地まで二週間、この揺れに耐えられるかな……。

「ねみゅい」

もう目を開けているのもちゃんとしたお喋《しゃべ》りも無理だ。

「ルシア様、私の膝の上に頭を置いてください」

「うん……」

バネッサにトントンと背中を優しく叩《たた》かれる。この眠さ……三歳の身体に抗《あらが》えない。馬車の揺れにそのまま身を任せ瞼を閉じた。

◇◇

「ルシア、領地に着いたよ」

寝ていたところ、父に起こされる。

馬車に揺られること二十日、移動の半分以上の日が雨天だった。そのせいで馬車の車輪が何度も泥に嵌《はま》っては進行停止を繰り返し、予定より大幅に遅れて父の領地に到着——した？

馬車の小窓から外を覗《のぞ》くが、山と草原しか見えない。

「お父しゃま……街がありません」

「ははは、あの大きな木が見えるか？」

「はい」

「あの木を境に向こう側が私の領地だよ。はここから半日の場所にあるよ」

は、半日！　大丈夫……今日まで二十日頑張れた。半日くらいいける……はずだ。

父の領地に入った地点の大きな木の前で一時休憩をすることになった。

それにしても疲れた。

馬車から降り、フラフラと地面に尻をついた。馬車移動で相当疲労が溜《た》まったようだ。

「お嬢様、大丈夫ですか？」

「う、うん。大丈夫……」

心配そうに私の顔を覗いたバネッサの顔色も悪い。

実はここに到着するまでに別の街もいくつか通過したけれど、東部を治める貴族はゴリゴリの第二王子派が多いため父は馬車を素通りさせた。父は何か嫌がらせされるのを避けたかったのだろう。途中、街から外れた村で食料などの補給をした。

父の書斎にある資料を勝手に盗み見して知ったけれど、現在、王都では第一王子と第二王子の間で王位継承権を争っているようだ。父は第一王子派ってことになっているのだと思う。中身までは確認していないけれど、第一王子からのお手紙が父に何通か届いていたのは見たことがある。父は口に出して自分を第一王子派とは言わないけれど。

それにしても馬車移動、想像以上につらすぎた。何度か本気で吐きそうになった。

バネッサが木陰に座りため息を吐く。

私はバネッサの膝の上で寝ることができたけれど、バネッサは終始同じ体勢でつらそうではあった。父は文官として他貴族の領地に赴くことがあったので、馬車の旅は慣れているのか平気そうで、たまに呑気に鼻歌を弾ませていた。

「バネッサ、大丈夫？」

「はい……大丈夫です」

全然大丈夫じゃなさそうだ。これはたぶん車酔いなのだと思う。移動中に頭痛がするのかバネッサが何度かこめかみを触っていたのも気になった。

そうだ、前世では私もよく頭痛の時にツボ押しをしていたんだっけ。

「バネッサ、手を見せて」

「え？　手をですか？」

「うん。気分が少し晴れるおまじないをするから」

バネッサに差し出された手の平を下に向ける。手と手首の境から肘に向けて指三本……子供だから指三本とちょっとの場所にある外関《がいかん》を左右ともマッサージしながら押す。

「どう？」

「少し首がすっきりしたような気がします」

次に耳の付け根の後ろにあるツボを押しているとバネッサがうたた寝をしてしまう。

「頭痛はどう？」

「だんだん……楽になってきました」

手は小さくなったけれど、マッサージは前世もよく同僚にやっていたので得意だ。もっとバネッサを気持ちよくしよう。

しばらく揉《も》んだ後にバネッサに声を掛ける。

「バネッサ……」

反応はないので完全に寝落ちをしたようだ。せっかくなので寝かしておいてあげようと思う。

でも、その前にバネッサの猫耳を優しく撫《な》でる。髪の色と同じ色の耳は触るとベルベットのよう柔らかさで癖になる。普段はなかなか触らせてくれないけれどちょっとくらいならいいよね。

「モフモフだぁ」

バネッサが寝息を立て始めたので、そっと離れる。

せめて今日は晴天なのが救いだ。木の反対側でパンを齧《かじ》りながら休憩をしていた護衛の傭兵であるジェイクとロンの方へと向かう。彼らとはこの旅の間に結構仲よくなった。

ロンは赤毛交じりの茶色の髪にまだ幼さの残る屈託のない笑顔が印象的な二十代前半くらいの男性だ。やんちゃな言葉遣いとは裏腹に所作はとても綺麗だ。でも、ちょっと抜けている面がありジェイクによく注意をされている。

ジェイクは長い銀髪を一つ結びにした細マッチョの二十代後半の男性だ。外見は整っており、傭兵と言われてもピンとこない。

ロンが私に手を振りながら笑う。

「お！　お嬢もパンを食べるか？　ちょっと硬いがまだいけるぞ」

「ううん。大丈夫」

今は食欲がないので断る。

「ルシア嬢、それならこれはいかがでしょうか？」

ジェイクが包み紙に入った飴玉《あめだま》を差し出す。

「いいの？」

「はい」

「ありがとう」

早速、貰《もら》った飴を食べるとイチゴ味が口に広がる。これだけで、体調がずいぶんよくなったような気がする。

ジェイクが微笑みながら言う。

「元気が戻りましたね。もう一つ飴をあげますので、これは後で食べてくださいね」

「はーい」

返事をして受け取った飴をポケットに入れる。これはバネッサにあげよう。

ロンがあくびをしながら背伸びをする。

「しっかし予定より時間が掛かっているよなぁ」

「ロンは文句ばかりですね」

「だが、ジェイクもそう思うだろ？　ここからの道は酷いものだ」

大木の先にある父の領地には道は一応ある。けれど、ロンの指摘通り、整備がされておらず暴走した草があちらこちらに生い茂っている。

馬車の進行方向に生えていた大量のぺんぺん草をちぎり、手の中でクルクルと回す。

「草、生えすぎ」

馬車の旅の間、父の新領地の資料を盗み見して得た情報によると、以前の領主は貴族の義務を捨て逃亡したらしい。今は次の領主に引き継がれるまでの間、国から派遣された代官が領を数年に亘り管理しているというが……。この荒れた道を見る限り、本当に管理をしているのか疑わしい。

父への引き継ぎの時に面倒なことにならないといいけれど……。

「お嬢様、遠くに離れすぎでございます」

「あ！」

家令のメイソンに抱き上げられると手の中にあったぺんぺん草が地面に落ちる。

メイソンが辺りを見渡し、声を少し上げる。

「バネッサ！　どこですか！」

「申し訳ございません！」

木陰から急いでこちらに走ってきた顔色の悪いバネッサをメイソンが叱る。

「バネッサも気分が悪いならきちんとそう伝えなさい」

「申し訳ございません」

メイソンはバネッサ同様、辺境へとついてきてくれた家令だ。

メイソンは三十代半ば、金色交じりの黄褐色の髪に深緑の瞳で普段は物腰が柔らかいけれど、怒るととても怖い家令だ。以前雇っていたメイドがサボっているのを叱っている場面にたまたま出くわしたことがあったけれど……本当に怖かった。メイソンは怒らせないのが一番だ。

メイソンはどこかの貴族の三男坊で、継げる爵位がなかったため平民になったところを父に雇われたと聞いた。

「お嬢様も勝手に遠くに行ってはなりません。旦那様に心配を掛けたくないでしょう?」

「はい」

メイソンにこれ以上怒られたくないので素直に返事をする。

それから馬車に乗り再び出発、草が生い茂る道はやがて山道へと変わった。

山道が悪く、大きな岩や倒木の障害物のせいでゆっくり進んでいると、急にジェイクが馬の前で止まった。

「急にどうしたのだ?」

御者席にいたメイソンが尋ねると、ジェイクが唇に指を当て小声で尋ねる。

「聞こえないか？」

その言葉に私も耳を澄ましてみたが、馬車の外からは何も聞こえない――あ、何かが走る振動がする。

振動の感覚が徐々に狭くなると、突如雄叫《おたけ》びが聞こえた。

「猪《いのしし》の魔物だ。こっちへ向かっています！　ロン、馬を守りなさい」

ジェイクの号令でロンが剣を構えると、父も馬車を降りる準備をした。

ま、魔物！　魔物の存在は知っていたけれど、実際に見たことはなかった。急に怖くなり馬車を降りる父を追いかける。

「お父さ――」

「ルシア、大丈夫だから。バネッサ、ルシアを頼む」

「はい、旦那様」

父にしがみ付く私をバネッサが引き離すと、父は馬車の扉を閉めた。

ジェイクとロンの怒鳴り声と父の魔法の詠唱が響き渡る中、何もできず馬車の中でバネッサにしがみ付いた。

父、無事でいて！

辺りが静かになると馬車のドアが開き、笑顔の父が立っていた。

父に飛びつく。

「お父しゃま！」

「おお、ルシア。私は大丈夫だよ」

馬車の外には大きな猪の魔物が数匹横たわっていた。魔物と言っても頭に黒い角が生えている以外は普通の猪にしか見えなかった。

父の風魔法の威力で猪の周りの木々も突風に薙《な》ぎ倒されるように倒れていた。父、凄い。

ジェイクが猪を確認しながら言う。

「子爵、この魔物ども何かおかしいです」

ジェイクが指摘した猪の背中を見れば、不自然な矢が刺さっていた。私たちの中で矢を使う者はいない。

父が矢を抜き確認する。

「狩人に傷付けられて興奮していたのかな」

「いや、この矢……。興奮剤が塗られています」

ジェイクが矢の匂いを嗅ぎながら言う。

興奮剤？　そんな矢がなんでこの山の中にいる猪に刺さっていたのだろうか？

「どの猪の魔物もずいぶん痩せているな。何日も飲まず食わずで走っていたのか？」

ロンが猪の魔物の足を持ち上げ確認しながら言う。

父が猪に刺さっていた矢を回収する。魔物は動物と同じで食料になるというが重量があるし、興奮剤以外の毒を含んでいるかもしれないので肉はそのまま置いていく他なかった。

「猪肉……もったいないなぁ」

ここ数日まともなお肉を口にしていなかったので、猪が魔物であろうとご馳走《ちそう》にしか見えない。でも、食用不可なら仕方がない。お腹がキュルッと鳴るのを我慢して地面を見ていると、何か馬車の下から違和感がした。

うまく説明できないけれど、全身の毛が馬車の下の何かに引っ張られるような感覚に陥った。

屈《かが》みながら馬車の下を覗くと、底の部分に何かキラリと光る。

「あ、何かある」

忙しい父たちを横目に馬車の下へ潜り、光っていたものを確認する。魔石だ。

魔石が埋め込まれた木造の円盤、こんなのは知らない。円盤は無理やり馬車のくぼみに押し込まれていて、なんだか嫌な感じがする。これって、魔道具だよね？　馬車に魔道具など付いていないはずだ。怪しい……。

こっそりと調べるために円盤を力を込めて引っ張ると、抜けたとたん勢い余って地面を転がってしまう。

コロコロと回転しながら馬車の下から出ると、父たちに見つかってしまう。

「ルシア、こんなところで遊ぶと危ないよ」

「お父しゃま、馬車の下のこれを抜いていました！」

泥だらけになりながらも高々と手を上げ、父に見つけた円盤の魔道具を見せる。

「子爵、これは……」

ジェイクが神妙な顔で父に耳打ちをする。やはり、どうやらこれは怪しい魔道具のようだ。

魔道具をジェイクに渡すと、機能を停止させるためにすぐに魔石を取り外した。

馬車に乗るとバネッサに鬼の形相で全身をフキフキされた。


その後、行程は進んだが日が落ち始めたので山の中で一泊をした。

夜中、何か話し声が聞こえ目覚める。父、ジェイク、それからロンが外で話をしていたのでそっと窓に耳を当てる。

なんの話をしているんだろう?

ジェイクが声を抑えながら、私が見つけた円盤を父に見せる。

「子爵、間違いありません。ルシア嬢が見つけたこれは、魔物を引き寄せる魔道具のようです」

「いつの間にそのようなものが……」

「出発時に確認しましたが、このようなものは馬車には付いておりませんでしたので、道中で仕込まれたのでしょう。倒木や岩も何か人為的なものを感じました。これは殿下に報告するべきかと」

「うーん。そうだね。領地に着いたら、殿下に一報を入れるとしよう。君たちを付けてくれた殿下に感謝しなければ。本当にありがとう」

「私どもは殿下の御心のままに動いているだけです」

「それでも感謝するよ」

え？　これは……。

ジェイクとロンは第一王子の送り込んだ護衛だったということなのかな？　でも、それより気になるのは……岩や倒木も誰かの仕業のようで猪に至っては、あの円盤の魔道具のせいで襲ってきたってことだ。何、その物騒な話は。

それから寝付けず、悶々《もんもん》としながら馬車の天井を見つめていたらいつの間にか眠っていた。

次の日、昨夜の話でまだモヤモヤする中、馬車に揺られること数時間、ようやく昼前に領の中心部の街が見える崖に到着した。

「ルシア、おいで。あれが私たちが今日から住むサンゲル領パスコの街だよ」

父に抱っこされながらパスコの街を見下ろす。

パスコの街は山に囲まれた平原に位置しており、ポツポツと大小の家が見える奥には壁で囲まれた集落があった。

うーん。街というかあれは規模的には町……か村のような気がする……。

資料には領民は五十人程度と記されていた。他の領の規模を知らないけれど、小規模な領地なのだと思う。

遠目には、町は長閑《のどか》な感じがする。前世の田舎より大自然に囲まれた場所にあるけれど、こんな雰囲気ならやっていけると思う。

「早く町に向かいたいです！」

馬車の旅もこれで終わりだ！　今はもう馬小屋でもなんでもいいので横になりたい気分だ。

小さなため息を吐いた私に父が尋ねる。

「ルシア、まだ気分が悪いのか？」

昨日、三人の物騒な話を聞いた後だったから私は朝から口数が少なかった。父は馬車の移動でまた体調を崩しているのだと心配しているけれど。

そんな父に笑顔で言う。

「ううん。でも、ちょっと眠たくて……それから、お腹が空いたの」

「じゃあ、町に着いたら今日は温かいものを食べてぐっすりと寝よう」

「うん！」

ルシア、辺境の地に降り立つ

山を下り、町の入り口へと向かう。その途中に、羊の群れと一緒にいた第一領民の少年を発見する。手を振ったが、少年は固まったままこちらを凝視していた。

父が小窓を開けると、少年は頭を下げた。

「羊飼いだね」

去り際にもう一度手を振ってみる。

「手を振り返してくれません」

「知らない馬車だから驚いたのだろう」

そうかなぁ？　なんだか怯《おび》えているような気になる視線だったけれど……。

その後、長く続く畑が広がる一本道を馬車でゆっくりと走る。

この時期、この辺りは小麦やライ麦などの作付けを準備している期間だと父が説明するけれど、なんだか畑は荒れている。

その後も領民を見掛けるが、やはり遠くからこちらを見てくるだけだった。中には明らかに敵意のこもった目でこちらを睨む領民もいた。

町の門に到着する。一応、剣を携えた軽装の門番らしき男性がいるが、顔立ちが少々この国の雰囲気と違う。隣国が近いので移民もいたりするのかもしれない。

馬車に乗っていたので私たちが貴族だと理解したのだろう、門番が頭を下げながら尋ねる。

「ここには何用でしょうか？」

門番の言葉のイントネーションが少々違う。やはり、移民のようだ。

「私は新しく領主になったエミリオ・グランデスだ」

父が王家からの書状を提示しながら言うと、門番が書状を確認して笑顔で言う。

「確かに」

門番のその笑顔がなんとなく作り笑いのようで違和感を覚えた。

「領主邸へ行きたいのだが、方向はどちらだ？」

「領主邸はこの先の丘の上です」

「そうか。それなら通してもらえるか？」

「はい」

門番が行く手を塞いでいた丸太を上げる。

門を通ると、もう一人の門番が領主邸のある丘へと走っていくのが見えた。代官へ知らせに行ったのだろうか。

「お父さま、あの門番は隣の国の人かなぁ」

「よく気付いたね。ここは隣国とも近いから王都より言葉に訛《なま》りがあるのかもね」

車の速度を下げ町の中を通る。

町のメイン通りは舗装してあるようで、馬車の揺れはだいぶ落ち着いた。

小窓から覗くと、建物は平屋が多い。中には二、三階建てもある。屋根はオレンジと茶色が多いけれど、屋根の上から草が生えている家は初めて見たかもしれない。どの屋根も煙突があるので、冬場はそれなりに寒くなるのだろう。

気になるのは、多くの家が鎧戸《よろいど》まで締め切っていることだ。人影が見えた家でも、すぐに鎧戸を閉められてしまう。

町の中には川も通っているけれど、とにかく荒れている。掃除と整備が必要そうだ。

家の外にいた領民の表情は全体的に暗く、私たちの到来に驚きながらも警戒した表情を見せていた。

別に新しい領主への歓迎パレードなんて期待はしていないけれど、どうやら私たちの到着は領民には寝耳に水だったようだ。

「みんな、私たちが来るのを知らなかったのかなぁ」

「王都を出る前に先触れは出したが、伝わっていなかったのかもしれないね」

父……そんなはずはないでしょ。これは意図的に私たちの到着を伝えていなかったパターンだよ！

「むぅ」

呑気な父に向かって唇を尖《とが》らせる。

領主邸へと向かう途中、一軒だけ他の建物と違うギラギラとした外装の建築物の横を通過する。なんでこの建物だけこんなに派手なの？　町の雰囲気にとても場違いだと思うのだけれど。ギラギラの建物は父もバネッサも見逃していたけれど、あの建物が一体なんなのか気になる。

丘を上ると領主邸へと到着した。

丘に続く道沿いには他に建物がなかったが、領主邸へと続く道だけは妙に小綺麗に塗装されている。

父が最初に降りて領主邸を確認するが、誰もいないようだ。

首を傾《かし》げながら馬車に戻ってきた父に尋ねる。

「お父さま、もう馬車を降りてもいいでしゅか？」

ああ、疲れていてうまく話せない……。

「ルシア、おいで。ここが私たちの新しい家だ」

父に抱っこされ馬車を降り、領主邸を見上げる。王都の家よりも大きいけれど、建物自体は古い。それに、手入れが全くされていないように見える。玄関先は草が生えているだけでなく、窓の一部は壊れている。

「お化け屋敷……」

誰にも聞こえない声で呟《つぶや》く。

お化け屋敷領主邸も気になったけれど、それよりも気になるのはその隣に立つ真新しい別邸だ。こっちが領主邸じゃないんだ……。塗装された道も途中から別邸へとだけ続いている。

馬車から荷物を下ろしていると、別邸から四十代くらいの吊《つ》り目の男を中心に数人の使用人が現れた。

吊り目の男は現れるなり不躾《ぶしつけ》に私たちを見ながら言い放つ。

「ようやく、到着したか。もう来ないと思っていたが」

「代官のジョセフ殿で間違いないか?」

「ああ、そうだ」

「通信で話をしたエミリオ・グランデスだ。よろしく頼む」

この人が代官なのか。なんだか感じが悪いな。

「ずいぶんと使用人が少ないな。誰も貴殿についてこなかったのか?」

鼻で笑いながら代官が尋ねる。この人、なんでこんなに刺々《とげとげ》しいの?

「使用人は領主邸にいると資料に記載がありましたが?」

「おやおや、それは古い情報ですな。領主邸はしばらく使用しておらず、掃除はしていない。なんせ、私は忙しい身でね」

笑いながら代官が言うと、周りにいた使用人たちもニヤニヤと笑い出した。いや、忙しいってなんだろう?　誰もあなたに自ら掃除しろなんて言っていない。代官の領主代理の仕事には領主邸の維持管理も入っていると思うのだけれど……。

内なる怒りを抑え代官を見上げると鼻で笑われる。

どうやら私たちは歓迎されていないようだ。

父は魔道具の通信器具を使って出発前に代官に到着日の連絡を入れていた。確かに到着は遅れたが、領主邸に使用人がいないことはわざと伝えなかったとしか思えない。

それに、私も父の領地に関する資料を盗み見したけれど、別邸の事項は何も記されていなかった。豪華に建てている分、経費が掛かったはずだと思うけれど、その予算はどこから出したのだろうか。

父が苦笑いをしながら代官に言う。

「それなら使用人は領民から募ります」

「ええ、子爵殿がご自分で用意をしてください。まぁ、探せるのなら――ですが」

最後の言葉は小声だったが、はっきりと聞こえた。

無垢《むく》な笑顔で言い放つ。

「お父さま、代官様よりお掃除できる人ならたくさんいそうですね」

「あ？　なん――」

父が急いで私を抱き上げ笑う。

「使用人が決まるまでの間、自分たちで掃除できますので」

「ふむ。そうですか。まぁ、ですが……仕方ないので私の家で歓迎会くらい開きますよ。領主邸は使い物にならないでしょうから」

「そうですか。ありがとうございます」

父は笑顔でそう答えたが、心は穏やかではないはずだ。代官の誘いは断ろうと思えば断れただろうが、今後のことを考えて承諾せざるを得なかったのだと思う。

「それでは子爵殿……ああ、私の家に足を踏み入れる時は汚れは落としていただけると嬉《うれ》しい。何か汗臭いですぞ。ここは田舎だが、豚小屋ではないので」

代官はそう嫌味を言い残し別邸へと戻った。

そりゃ、確かに今の私たちはお花畑の匂いじゃないかもしれないけれど、二十日間の旅を終えたばかりだよ？　代官の後ろ姿を眉間に皺《しわ》を寄せながら睨む。

「感じ悪っ」

「こらこら、そう怒らない」

父！　私たちは侮辱されたんだよ！

むぅ……これは前途多難だ。振り返り父に宣言する。

「お父さま、掃除ならルシアもできます！」

「はは、そうだね。みんなで力を合わせてやろうね」

気を取り直して領主邸の扉を開けると、ムワッと締め切った臭いに襲われた。

「くしゃいです」

「まずは換気が必要だね」

早速みんなで開閉可能な窓を全て開ける。換気だ換気！　ジェイクとロンにも掃除に参加してもらう。

三角巾を被《かぶ》り、大きめのハンカチを顔に巻き、はたきを手に持つ。王都の家では掃除をする機会がなかったので、今のこの格好《かっこう》を全員に微笑ましい顔で見られた。私だって役に立つもん！

「旦那様、水回りは魔石が必要です」

メイソンが蛇口の形をした魔道具を掃除しながら言う。そうなのだ、貴族や豪商の家なら魔道具を使った生活便利品がたくさんある。この領主邸もどうやら最低限の設備はあるようでよかった。

父が魔石のたくさん入った箱から水色の魔石をメイソンに渡す。

「魔石はある程度準備しているから大丈夫だよ」

よし！　もう少し掃除を頑張ろ！

「まずはルシア様の部屋ですね」

「え？　キッチンじゃないの？」

「お部屋を掃除しなければ今夜、寝るところがございません」

ここ数日に亘《わた》る毎食の塩クラッカーと干し肉攻撃で私の心は限界を迎えているせいで温かい食事に執着していたけれど、確かに厨房《ちゅうぼう》が使用できるまでは携帯コンロが使えるから大丈夫か。

一応、長旅に向けて鍋とか野営用の準備はあったのだけれど、あいにくの雨で移動中の殆《ほとん》どは温かい食事をすることができなかった。昨日、天気はよかったけれど猪の魔物に襲われた後は辺りを警戒して野営で料理はしなかった。

日当たりのよさそうな部屋を選んで掃除を開始する。

領主邸はいくつかの部屋はトイレ付きだ。この部屋もトイレが付いているけれど、何年も掃除がなされていなかったので……まぁ、綺麗なものではない。

「これは大変そうですね。王都から後ほど届くお荷物の中なら掃除魔道具があるのですが……」

そう、この国は結構魔道具が浸透していて、掃除用の魔道具も多い。バネッサが言っている魔道具は、たぶんあのクルクルと回り汚れを擦《こす》り取る魔道具だと思う。

でも、馬車に積んだものは必需品が多く、残りのものは後ほど運んでもらう予定でいた。

「ここはホワイトビネガーを使えばいいよ」

「ホワイトビネガーですか？」

バネッサが首を傾げる。

水垢《みずあか》はアルカリ性なので酸性のお酢で汚れが溶けやすい。前世の世界なら多くの人が知っていることだけれど……この国ではそういう自然科学はあまり進んでいないんだと思う。

「騙《だま》されたと思ってやってみて！」

「分かりました」

ホワイトビネガーをトイレに入れてから数十分、バネッサが嬉しそうに言う。

「ルシア様、凄いです！　これはあの魔道具よりも全然落ちます」

「ね！　言ったでしょう？」

「はい。でも、ルシア様はどちらでこの掃除方法を覚えたのですか？」

「あー、えーと、王都の家にあったご本かなぁ……」

「そうですか。私はあの魔道具を使わなくていいのならなんでも嬉しいです」

そういえば、バネッサはあのクルクル回る魔道具に毎回文句を言っていた気がする。

それからしばらく掃除に徹して、時々さぼって、ようやく部屋が使用できるまで綺麗になった。


「ルシア様、遅くなりましたが昼食にしましょう」

「うん！」

バネッサが携帯コンロの魔道具で作ってくれたスープを父と食べる。久しぶりの温かい食事にホッとする。

昼食後、掃除した部屋の照明魔道具に父が魔石を入れてくれている間、メイソンが私の荷物を掃除した部屋に運び込む。

「お父さまの荷物はどこ？」

「旦那様の荷物は執務室に移動しております」

「でも、執務室はまだ掃除が必要だよ」

「ええ、ですがまだ旦那様のお部屋になる部屋を掃除しておりませんので……」

部屋を見回しながら言う。

「こんなに広いなら、お父さまも一緒にこの部屋を使えるよ」

「ルシアは小さいけれど、もう立派なレディだからダメだよ」

父に頭を撫でながら言われる。

別に父と娘なのだから一日くらい同じ部屋でいいと思うのに、露見したら貴族社会では世間体が悪いという。煩わしいことこの上ない。言わなければ分からないのに……。

メイソンが部屋を退室する前に言う。

「後ほどお湯の準備をいたします」

「本当に？　それは、うれちい！」

自分でも表情が明るくなるのが分かった。だって、旅を始めてから一度もちゃんとしたお風呂に入っていないのだ。すべての家庭にはないかもしれないけれど風呂はこの国に存在する。

だから余計につらかった。もちろん旅の間、身体を濡《ぬ》れタオルで拭いたりはした。でも、それは風呂とは程遠かった。

領主邸にあるバスタブはまだ掃除が必要だけれど、桶《おけ》のようなものにお湯を張ってくれるそうだ。

準備が整い、早速風呂に入る。

「あったかぁい。ふえ〜」

「ルシア様、そんな情けない声を出さないでください」

「だって気持ちいいんだもん」

バネッサに身体を洗ってもらいすっきりする。

バネッサが風呂を使う間、ベッドに座って待っているとそのまま倒れるように眠りに就いた。

昼寝から目覚めると、ベッドの隣にあった椅子にバネッサが座ったまま眠っていた。

バネッサの寝顔を見ながら、猫耳をモフろうとするとバネッサが目を見開いた。

「ヒッ」

「お嬢様、目覚めましたか?」

「う、うん。それでバネッサを起こそうかなぁと……」

バネッサに満面の笑顔を見せる。

「仕方ないですね。少しだけですよ」

「いいの？」

「どうぞ」

バネッサが私に首を垂れたので軽く耳を触る。ああ、いい。この柔らかくて毛並みのよい触り心地、最高だ。

「フワフワだね」

「ありがとうございます。ルシア様、もうすぐ夕食の時間ですのでお触りはここまでです」

「ええー。もうちょっと」

「ダメです」

唇を尖らせながら抗議したが無駄だった。

もう少し撫でていたかったなぁ。短かったモフモフの時間が終了する。

外はもうすでに薄暗い。バネッサが昼の残りのスープと野菜を炒《いた》めたものを備え付けのテーブルに準備をしたので椅子に座る。

「あれ、お父さまは？」

「旦那様は代官に会いに隣に向かわれました」

「そうなんだ」

あの嫌味な代官か……顔を思い出しただけでモヤモヤする。

父、大丈夫かな。父はあまり社交が得意ではないとメイソンに漏らしていたのを以前聞いたことがあった。

「ルシア様、お食事が温かいうちにどうぞ」

「うん。ありがとう。バネッサも一緒に食べよ！　お願い！」

一人で食べるのも寂しいのでバネッサに上目遣いでお願いする。

「……今日だけですよ」

スープを口に入れる。温かい食事はやっぱりおいしい。

「お腹いっぱい！」

夕食の後しばらく父の帰りを待ったけれど、目がしょぼしょぼしてきた。

父も疲労が溜まっているはずだ。せめてゆっくり休めるといいけれど……明日は父の部屋の掃除の手伝いをしよう。

そんなことを考えていたら船を漕《こ》ぎ始め記憶が途絶えた。

閑話　エミリオの苦悩

辺境の領主、私にそれが務まるのだろうか。

土地持ちの領主……聞こえはいいが、これは一部の貴族に疎まれた私を王都から遠ざけるために仕組まれたものだとは社交が苦手な私でも気付いてはいた。

土地持ちの領主として拝命された当初は、今向かっているサンゲル領ではなく南の荒れ地をあてがわれる予定だった。だが、第一王子のブラッドリー様の一声で急遽《きゅうきょ》サンゲル領を治めることとなった。

ブラッドリー様は、サンゲル領と隣国の間で何やらきな臭い報告があったからと騎士団所属の騎士ジェイク殿と騎士見習いのロン殿を護衛として同行させてくれた。

表向き二人は護衛の傭兵となっているが、とても心強い。何かあればすぐに連絡するようにとブラッドリー様直通の通信の魔道具も預かった。

サンゲル領のある東部は、第二王子のカルヴァン様を王太子にと支持する領主が多いと聞く。

南と東、どちらに向かおうが前途多難なのは目に見えていた。

しかし、きっと権力の渦巻く王都ではなく田舎で育つ方が娘のルシアにとっても健やかに過ごせるのではないかと思う。なので、辺境に向かうのは額面通り「褒美」だ。ルシアは、そんな呑気な考えの私に不貞腐《ふてくさ》れていたが……。

辺境へ向かう馬車の中で熟睡するルシアの頭を撫でる。

「本当にエステラに似てきたなぁ」

今は亡き妻のエステラを思い出しながら、ルシアの将来を案じる。

この子は才が秀でている。齢《よわい》三歳ですでに読み書きを習得、助言や質問は適格で大人顔負けなのだ。本当に私の娘なのかとたまに思うが、時々出る舌足らずな言葉は私の幼少期とそっくりだ。

私は恐れているのだ……いつかそんな才能が権力者に食い物にされないかと。

「それだけが心配だ」

独り言を漏らしながらため息を吐く。

私は過分な権力や争いを好まない。今までそうやって貴族社会を躱《かわ》して生きてきた。ルシアからの助言で都市整備の必要性を気付かされるまでは……。

王都ルミルは、王、そしてブラッドリー殿下の素晴らしい統治により、年々人口が増え続けていた。

「お父さま、このままでは病気が蔓延《まんえん》します」

娘のルシアの一言をきっかけに王都ルミルの水路を見直した。

すると、ルシアの警告通り、人口が増え続けると水の魔石を持たない地域は飲料水すらままならない事態になりかねない状態だった。

実際、貧困層と移民が多く住む地域を視察したところ、すでに水路が汚染され始めた地域があった。このことにより大規模な下水路の工事と水路の資金を確保をしたのだが、そのことで貴族の一部からは下民に莫大《ばくだい》な金を捨てた男だと疎まれた。

貴族の妬みは、件《くだん》の一件以来、ブラッドリー殿下が私に一目置き始めたのも原因だろうが。

「もっと根回しをするべきだったのかなぁ」

寝返りをしたルシアが寝言を呟く。

「お父さま、温かいスープが食べたいです……むにゃ」

「温かいスープか……そうだね、領地に着いたらたくさん食べよう」

まさか、領地がそんな悠長なことを言っていられないほど大変な事態になっているとは知らず、その時はただただ娘の寝顔を微笑ましく眺めた。

◇◇

領地のパスコの町へ到着する。資料の通り領民五十人ほどの小規模な町だ。

代官のジョセフ殿には出発前に連絡を入れていたにもかかわらず、領民は新しい領主が赴くことを知らなかったようだ。

それに、パスコの町に到着する前に猪の魔物に襲われた。ルシアが見つけた馬車の下に仕掛けられた魔物寄せの魔道具、嫌がらせにしては計画的すぎる。

実際領地を視察しなければ把握はできないだろうが、ジョセフ殿から王宮に届いていた報告書とすでに相違する箇所がある。まずは領主邸の管理、それからその横に建てられた豪華な別邸……。特に別邸の報告は一切されていなかった。ジョセフ殿が自費で建てたとも思えず、その資金は一体どこから集めたのだろうか。

早速到着した日の夜にジョセフ殿に尋ねたが、のらりくらりと言葉巧みに躱された。ジョセフ殿はよく口が回るようだ。言いくるめられないように気を付けなければならない。

それにジョセフ殿は王宮勤めであった際、王宮の下働きの女性に対して問題を起こしている。ルシアには絶対近づけないようにしなければ。

領主邸に戻り、一人執務室でブラッドリー殿下直通の通信魔道具を起動する。

手に載った通信魔動具が三回光ると、声が聞こえた。

「エミリオ、サンゲル領に着いたか？」

「はい。無事に本日到着いたしました」

「予定より遅かったな。何かあったのか？」

殿下に意図的に猪の魔物に襲われるように仕掛けられたことや領地の報告書にすでに相違する点が多数あることを伝える。

「以上が報告になります。殿下が示唆されていた隣国との関係はまだ分かりませんが……」

「ん？　なんだ？」

「いえ、ただ、門番とジョセフ殿の使用人の言葉が少しですが訛っておりましたので」

「そうか。だが、それだけでは何も証拠にはならない。本来、領地の税が国へきちんと納められていれば、その残りの用途は領主に委ねている」

「はい」

「ジョセフには代官として報告しなかった罰はあるが、それは奴《やつ》の実家がもみ消せるほどの罪だ」

ジョセフ殿の実家であるルーグルト侯爵家は第二王子派の大きな後ろ盾だ。ブラッドリー殿下は、その侯爵家の次男であるジョセフ殿が隣国と繋《つな》がっていることを期待している。

そうやって互いを蹴落としながら、この王太子継承の争いは何年も続いている。どうにか関わらずに過ごそうと思ったが……そうはいかないようだ。

ブラッドリー殿下との通信を終え、ため息を吐く。

「癒やしが欲しい……」

もう眠っているだろうが、ルシアの寝顔だけでも見に行こうと執務室を後にする。

ルシア、魔法を授かる

夜中、目覚めるとベッドの中だった。辺りは真っ暗だったけれど、バネッサがソファの上で寝ている姿がなんとなく見える。私と一緒に寝ればいいのに……バネッサは頑《かたく》なにメイドの立場があるからと断る。

まぁ、私がモフモフをしたくてギラギラした目を向けているのに気付いているのだろうけれど……。

二度寝しようとしたら、廊下から足音と共に軽くドアが開く音がした。一瞬警戒したけれど、このもたもたした感じはたぶん父だ。

声を抑えて尋ねる。

「お父さま?」

「ルシア、起きていたのか?」

ランプを持った父がやや重い足取りベッドまでやって来る。

「今、戻ってきたの?」

「少し前にね。資料の整理をしていたらこんな時間になってしまっていたよ」

ふにゃっと笑う父の顔には疲労が現れている。

眉間に皺を寄せていると父が私の横に座る。

「ルシアの寝顔だけでも見て寝ようかと思ったけれど、起こしたみたいで済まないね」

「お父さまが来る前から起きていました」

「そうか」

父が目を細めながら私の頭を撫でる。

「代官とはどんなお話をしたのですか？」

「領地についてだよ」

父はそれ以上何も言わなかったので、私も代官のことを尋ねるのをやめた。

今日の昼間のように父は代官にまた色々と嫌味を言われたのではないかと思う。二人の間で一体どんな会話がされたのか気になるけれど、口を噤《つぐ》む。

「お、そうだ。ルシアの祝福の儀のことだけれど、明日執り行おうと思う」

「え！」

思わず大きな声が出る。

「ルシア、小さい声で話さないとバネッサが起きてしまうよ」

「魔法が使えることが楽しみで……」

聞けば、どうやら祝福の儀を行うことは代官の提案のようだ。

なんだか怪しいけれど、早く魔法が使えるようになることは素直に嬉しい。

なんだか急で心の準備ができていない。王都では三歳の祝福の儀を楽しみにしていたのだけれど、この左遷騒動でバタバタしてしまって祝福の儀は忘れ去られていたと思っていた。

「ルシアはどんな魔法を授かるのだろうね」

「早く魔法が使いたいです」

「きっと素晴らしい魔法だよ」

父が目を細めながら微笑む。

明日、ついに魔法を手に入れられる。やった！

父が明日の予定などを話している間、魔法のことを考えていたらいつの間にか寝落ちしていた。

「おやすみ、ルシア」

父におでこにキスを落とされたような気がした。

その晩、不思議な夢を見た。

『朱莉、異世界から来し魂』

「……ん？」

目を開けると空の上に浮いていた。何、これ……夢？

目の前には白い長髪の中性的な美人さんが浮かびながら立っていた。

「えっと……こんにちは？」

挨拶をすると優しく微笑んだ美人さんにドキッとする。

会ったことない人だと思うけれど……。

なぜか懐かしい感じのするこの人は誰だろう？

『私との記憶は消していたわね。ほら、これでどうかしら』

美人さんが手を上げると一気に頭の中に過去の記憶がなだれ込んだ。

「思い出した……」

この美人さんは女神様で私をこの世界に転生させてくれた人だ。

『思い出したかしら、祝福の儀まであなたの記憶が混乱しないよう、前世の記憶を含め私との記憶を消していたのですが……。なぜか一部の記憶を思い出したのですね』

「はい。前に頭を打った拍子に思い出しました」

女神様のことは今思い出したけれど……。

ああ、そういえばこの世界に転生する条件として女神様の願いを聞き入れると約束していたのもついでに思い出す。

『それでは朱莉、私との約束を覚えていますか？』

久しぶりに呼ばれた前世の名前、でも今の私は朱莉でないルシアだ。

「……。女神様の願いの話ですか？」

『ええ、そうです』

「私にできることなら……」

『できます。私の願いとは、ルシア、あなたに瘴気《しょうき》が溢《あふ》れる事態に繋がる災害を止めてほしいのです』

「へ？　瘴気？」

思わず、間抜けな声を出してしまう。瘴気って何？

女神様曰《いわ》く、瘴気はこの世界のすべての生き物を狂暴な魔物に変えるという。

この世界には魔物はいるけれど人が抑えられないほど強敵ではなく、比較的平和であるが、もし瘴気が溢れる事態になればその平和のバランスが崩れるらしい。

『そのバランスを保つためにも、瘴気は殲滅《せんめつ》しなければなりません』

えーと……なぜ、そんな大役を私に振ってきた……。

「め、女神様、私にそんな大役は務まらないと思うのですが」

『心配はいりません。明日の祝福の儀に必要な力を授かります』

満面の笑顔で女神様が言う。これは断らせないつもりなのだろう。

それに……。明日の祝福の儀は突然決まったのだけれど、これは女神様に見張られている？

『見張ってはいないですよ。見守っているのです』

違いが分からな――って私の考えが読まれているの？

『女神ですから。それに見張っていたおかげでルシアへの悪意を払うこともできました』

「え？」

『ルシアが気にすることではありません』

「そ、そうですか」

それにしても力か……。そんなもの貰っても世界を救う的な大役が私に本当に務まるのか不安だ。確かに転生した時は約束をした。けれど、それは選択肢がそれか消滅かしかなかったし……。あー、詳細を聞いておくべきだった！

「あの……。その災害とはどんなものでいつ発生するのですか？」

『先見は多くの道筋に分かれており、どれが起こるかは私にも予想できませんが、そう遠くない未来に確実にそれは起こります』

「そうですか……。」

私ただの三歳児の幼女なのだけれど……。

私の思考が女神様に駄々洩《だだも》れであることは分かっているけれど、努力で災害がどうにかなるのか疑問だ。

女神様が人差し指を上げて続ける。

『大丈夫ですよ。あなたに私の加護も授けます。明日の祝福の儀の前に本当の女神像の前で祈りなさい』

「本当の女神像……ですか？」

『場所は教会の裏にあります。必ず先にそちらで祈りなさい。あなただけが頼りですよ』

そう言いながら女神様は消えていった。

「がんばりまーす……」

一人、青い空の上で呟いた。

◇◇

翌朝、早くに目が覚める。

「いつの間に寝たのだっけ？」

父と祝福の儀や魔法の話をしていたところまでは覚えているけれど、三歳児の身体に突然訪れる睡魔には抗えない。

それからあの夢……いや、夢じゃない。転生前の女神様との約束もちゃんと覚えている。覚えているけれど、ただの幼女に何を期待しているのだろうあの女神様は。今日の祝福の儀は一番のつよつよ魔法でお願いしますよ！

ベッドから身体を起こし背伸びをする。疲れはすっかり取れ、身体は真新しい気分だ。さすが子供、回復が早い。三歳児の身体の回復には脱帽だ。

「ルシア様、おはようございます」

「バネッサ、おはよう」

「本日は祝福の儀を行うと聞きました」

「うん。楽しみ」

「では、こちらに着替えましょう」

今日は普段着の軽い装いではなく、祝福の儀式用の真っ白な子供用ドレスに着替えさせられる。

「わぁ、綺麗なレースだぁ」

「はい。ルシア様にとても似合っておられますよ」

ドレスは綺麗だけれど、汚しそうで怖い。でも、よく見ると新品ではないようだ。

着替えが終わると、父のいる執務室へと向かう。

書類がたくさん積まれたデスクの向こうで疲れた表情でボーッとしている父に声を掛ける。

「お父さま、おはようございます」

「……ルシア！　なんて可愛いのだ！」

急に私に飛びつこうとする父をメイソンが止める。

「旦那様も早くお着替えをしないと遅れてしまいます」

「そうなのだが。メイソン見てくれ、私の愛らしい娘を」

メイソンが私に視線を移し口角を軽く上げ頷《うなず》く。

「はい。奥様によく似ておいでございます」

「だろう。エステラにもルシアのこの姿を見せてあげたかったよ」

父が懐中時計の写し絵を愛《いと》しそうに見ながら言う。エステラとは私の母のことだ。

「そんなにお母さまと私は似ているの？」

「ああ。とってもね。ルシア、そのドレスはお母さまの祝福の儀でも使用したものだから大切に着てくれるかな」

「え？　お母さまの……？」

「ああ、この日のために大切に保管しておいたドレスだ」

「大切にします！　お父さま、ありがとう」

父に抱き付く。

今世の母との記憶は殆どなかったから、母もこのドレスを着て祝福の儀をしたのだと思うとなんだか嬉しかった。

「ああ、そうだ。護衛の二人、ジェイクとロンはもうしばらく雇うことにしたから」

「そうなの？　じゃあ、しばらくはみんな一緒だね」

元々その予定で派遣された二人なのだろうけれど、第一王子の配下である護衛が残るのなら心強い。ジェイクとロンの素性は父、それから三人の会話を盗み聞きした私以外は知らないようだけれど。

昼食用のパンを入れたバスケットを持ち、領主邸から馬車を十分ほど走らせた場所にある教会へと向かう。護衛はロンだけでジェイクの姿が見当たらない。

「お父さま、ジェイクはいないのですか？」

「ジェイクはまた後で会えるよ」

別行動か……。

たぶん、ジェイクは山の中の猪の魔物とかの一件の探りでも入れているのだろうと予想する。馬車の窓から見る行き交う領民を観察する。昨日に引き続き、やっぱり全員のどんよりとした表情が気になった。

馬車から降り教会を見上げ足を止める。これ……昨日見掛けた派手な建物だ。これ、教会だったの？

「ギラギラ……」

思っていることが口から洩れてしまう。

父を見れば、苦笑いをしている。

「少々派手……ではあるね」

少々……かなぁ？

目の前にある金色の特大文字で女神教と書かれてある教会の看板をもう一度見上げる。この教会、前世の田舎にあるラブホを彷彿《ほうふつ》させる。

他の建物は長閑なのになんでこの教会だけこんなにギラギラしているの？

この看板……本物の金？

建物も新しいようだし……本当、どこからこの費用が出ているのか気になる。

「明日の祝福の儀の前に本当の女神像の前で祈りなさい」

そうだった。女神様が教会の裏に本物の女神像があると言っていたよね。

さて……問題はどうやって教会の裏まで行こうか。教会の裏に咲いている花を発見して父に声を掛ける。

「お父さま、見て。あそこにお花が咲いているの」

「ああ、本当だね」

「見に行ってもいいですか？」

この二年で一流に使いこなせるようになった上目遣いで父に尋ねる。

「そうだね……少しだけなら。バネッサ、付いてやってくれ。私は先に神官に挨拶しておく」

よし！　上手くいったのでバネッサと手を繋ぎ教会の裏へと向かう。

教会の裏は表の派手さとは打って変わり、素朴だけれど心の落ち着く空間になっていた。

こっちの方がよっぽど教会の雰囲気が出ている。

「えと……」

女神像はどこにあるのだろう？

花を愛《め》でるふりをしてキョロキョロと女神像を探していると、土に埋まったダルマのような石を発見する。

「え？　もしかしてこれ？」

一応顔のようなものが彫られているので、たぶんこれが女神様の言っていた像なのだろうと思うけれど、この扱いはさすがに酷い。

女神像の頭についていた土を軽く払い、手を合わせる。

「女神様、お祈りに来ましたよ」

女神様に祈ると像から眩《まばゆ》い輝きが放たれる。

「うわ！」

驚いて尻をつきそうになるのを踏ん張る。今日のドレスは汚せない！

光りが止み、辺りを確認すると花から蜜を吸っていた蝶《ちょう》が停止していた。

「バネッサ――」

バネッサもまるで一時停止したかのように動かなくなっていた。

『朱莉――ルシア』

脳裏に女神様の声が響き、振り向けば女神様が像の隣に立っていた。

女神様、登場の演出が凄いな。

『あなたの祈り、確かに受け取りましたよ。それでは私の加護を受け取ってください』

女神様が手を差し出すと大きな光の玉が放たれた。光の玉はゆっくりと私に近づくと胸の中へと消えていった。

光りが消えると身体に電流が走るような感覚を覚え、頭の中に文字が浮かび上がった。


【ルシア・グランデス】

【女神の加護】


確かに約束された加護だけれど、この加護はどういう力なのだろうか。特に何かが変わった気はしない。

女神様が満足気に言う。

『一番の効果は魔力値の上限の制限が解除されます』

「それは無限に魔法が使える……ということですか？」

『そうなりますね』

通常、魔力値にはそれぞれ使用できる魔法の上限があると父に聞いた。

魔力値は低級、中級、上級と分かれており、細々とした分別には以上以下を使用しているという。

父の魔力値は中級以上らしいが、殆どの人が中級以下だということだった。その値の上限に制限がないとは……それって大丈夫なの？　私がやりたい放題をしたらどうするの？

『あなたはそんなことはしないでしょう？』

「そうですけれど……」

女神様は私の考えを読んでいるのか、すぐに疑問に答えてくれる。

確かに魔法を制限なく使えるかといってヒャッハーする予定はない。たぶん。

『あなたなら、この膨大な力を上手く使いこなせるでしょう』

どこで私がそんな信頼が得たのか分からないけれど、約束は約束だ。災害を止める努力はする予定だ。

「それで、魔法はどのようなものを授かるのでしょうか？」

『そればかりは選ぶことはできませんが、あなたにとって必要な魔法が選ばれることでしょう』

女神様も全能ではないようだ。でもこんなに強力な加護を貰ったからきっとどんな魔法でも使いこなせるはず。

「女神様、加護をありがとうございます。厄災、どうにか止める努力をします」

『頼みましたよ』

女神様はそう言うと徐々に薄くなって消えていった。

女神像から放たれていた光も消え、再び動き出した蝶がひらひらと空へと昇っていくとバネッサに声を掛けられた。

「ルシア様、そろそろ祝福の儀に参りましょうか」

「うん！」

教会に戻ると、装飾品をこれでもかというほど身に着けた神官に挨拶をされる。

「こちらがお嬢様ですかな。いやはや将来が楽しみですなぁ」

教会の外装と同じで派手な神官だ。手には一体いくつ指輪を着けているのだろうか？　長い何重にも巻かれたネックレスは動く度にじゃらじゃらと聞こえてきそうだ。

この教会はこの神官の趣味なのだろう。私の神官のイメージをぶち壊すくらい俗世に染まっているような気がするけれど。

「ルシア・グランデスと申します」

一応、家庭教師に習った淑女の礼をすれば神官が目を見開きながら言う。

「聡明《そうめい》なお嬢様のようで、素晴らしいですなぁ。それでは始める前に例の……」

神官が咳払《せきばら》いしながら言うと、父が膨らんだ小袋を神官に渡す。

お金か……必要なのだろうけれど、神官のお金を貰う顔が一瞬崩れ下品に口角を上げるのが見えたので不安になる。

顔を強張らせていると、父が私の顔を覗き込む。

「ん？　ルシア、どうしたのだ？」

「ううん。なんでもないです！」

「それでは早速、祝福の儀を始めましょう」

神官に祭壇のある部屋へと案内される。護衛であるロンは外で待機だ。

「うわっ」

祭壇の部屋へ入り、思わず声が出る。

この部屋もずいぶんと派手だなぁ。金ピカの壁紙と祭壇……祭壇の横にはなぜか神官に似たマッチョな男の等身大の彫刻がある。

ここは女神教ではないの？　女神様はどこ……？

祭壇の上にはなにやら古い岩のようなものが設置されており、ギラギラの部屋の装飾とはミスマッチだ。

「では、ルシア・グランデスの祝福の儀を始める」

そう言うと神官は上下左右に揺れる派手な踊りを披露し始めた。

えー、何これ。

神官がたまに変な奇声を放つので笑いを堪《こら》えるのに苦労した。父を見れば眉間に皺を寄せていたので、これがスタンダードの祝福の儀ではないのだと思う。隣で立っていたバネッサもこの神官の踊りには相当引いていたのかイカ耳になっている。

神官が息を上げながら、台に載っていた岩を私の前に差し出す。

「それではルシア嬢、はぁはぁ、この岩に手を置いてくださいな」

「は、はい」

本当にこんなので魔法を授かるの？

神官を訝《いぶか》しく思いながら岩に触れる。すると、岩がほんのりと青く光り手から熱が伝わると神官が変な声を出す。

「へ？」

「え？」

この神官はなんでそんな驚いた顔をしているんだろう？　神官を訝しく見ていると頭の中に文字が浮かび上がった。


【ルシア・グランデス】

【泥魔法】

【女神の加護】


えと……ど、泥魔法？

これは泥を操る魔法ってことだよね？

泥魔法ってどう使うの？　泥で最初に頭に浮かんだのは泥だんご。それ以外は何も思い浮かばずに頭の中に大量の泥だんごが右から左へと横切る。

えーと女神様……私、本当にこの魔法で厄災を妨げることができるのでしょうか？　めちゃくちゃ不安なんですけれど。手を当てていた岩を凝視しながら思考を停止する。い、いや、魔法も使いようなはずだ。うん、そうだ。自分を説得させるようにそう思うことにする。

岩の光が落ち着くと神官が困惑したように言う。

「ぶ、無事に授かったようですね」

「ありがとうございます？」

なんでそんなに岩を凝視しながら首を傾げているの？　さっきからなんだろう、この神官。

「あの、終わりですか？」

「あ、ああ。これで祝福の儀を終わります……」

呆《ほう》けたように言う神官を無視して父に報告に行く。

「お父さま、魔法を授かりました！」

「ルシア、どんな魔法を授かったのだ？」

父が嬉しそうに尋ねる。

なぜか神官も興味深そうに会話に聞き耳を立てている。

不思議と授かった泥魔法をどうやって使うのか理解できた。これも女神の加護の力だろうか。

体の中にある第三のエネルギー、これが魔力なのだと感じる。

右手を出し、少量の泥を思い浮かべ唱える。

「『泥だまり《マッドパドル》』」

手の平から泥が飛び出すと磨かれた金ピカ床へと落ち、鈍い音と共に泥は辺りに盛大に飛び散ってしまう。

「あ……」

ちょっと泥が水っぽすぎたかもしれない。それならもっと固めてシンプルに放てば――。

「『泥』」

手から飛び出した泥の塊が泥だまりに直撃して汚れがさらに飛び散った。

「あ……」

飛び散った泥で汚れた床や祭壇を全員が無言で眺めた。

我に返った父が目を凝らしながら祭壇に飛び散った泥を人差し指で掬《すく》う。

「これは……泥だね」

「はい。泥魔法を授かりました」

「泥魔法とは初めて聞く魔法だね。ルシア、珍しい魔法を授かったね」

珍しい魔法なんだ。聞けば、父の風魔法を含む炎、水、土の四大属性は多くの人が授かっているという。母の花魔法など四大属性でない魔法を授かる人も中にはいるが、泥魔法は父も聞いたことがないらしい。土魔法に似た属性なのかもしれないと言われた。

「うほん！」

神官が目尻をピクピクさせながら咳払いをして私を睨む。

祭壇の周りは泥だらけで大惨事になっているのを忘れ、父と魔法の話で盛り上がってしまった。

「申し訳ない。こちらで掃除費用は持つ」

「ごめんなしゃい」

父が神官に謝罪をしたので、私も謝罪しようとして舌を噛《か》む。

神官が眉を上げながら言う。

「迷惑料もいただかないと」

それは、ごもっともだけれど……お金の話になった途端に下衆な笑顔を向けるのをやめてほしい。一体いくら迷惑料を請求されるのか怖い。この魔法で出した泥って戻すことできないのかな？　そしたら迷惑費用はいらないよね？

掃除機をイメージしながら手を翳《かざ》すと、飛び散った泥が全て手の中に吸われていった。

「できた……」

辺りの泥が全て消え、以前の状態に戻ったのを見て神官が呆けた顔で言う。

「は？」

「ル、ルシア、一体何をしたのだい？」

父も何か焦ったように尋ねる。

どう答えていいのか迷う。

「えと……」

「魔法を消したのかい？」

父が深刻な顔で尋ねる。

消したとは違う。手の中に戻ったというのが正解だと思うけれど……説明が上手くできない。

父が見たことのない真面目な顔をしているので、どうやら魔法を消す行為はよくなかったようだ。

急いで小声で詠唱をしてバネッサの持っていた荷物の中に泥を投入、真顔で嘘《うそ》を吐く。ごめん、バネッサ……後で元に戻すから！

「ううん。泥を集めてバネッサの荷物に入れたの」

「ああ、そうだよね。でも、放った泥を全て集められるなんてルシアは凄いね」

父が安心したように笑う。

「これで掃除代はいらないですよね？」

神官に向かって言う。

「うむ……」

納得のいかない顔をしながら私たちを入り口まで送った神官に父が小袋を渡す。

「迷惑料だ。それからルシアの祝福の儀の内容は内密に」

「ええ。もちろんです」

満面の笑顔になった神官が「泥の魔法なんて珍しいだけで外れ魔法だろ、もったいぶるなよ」と呟いたのが聞こえた。

失礼極まりない！　小袋のお金を泥に変えてやろうかと考えていたら父に抱っこされ馬車に乗せられた。

馬車の小窓から神官を睨む。

「ルシア、そう神官を睨んじゃダメだよ」

「あの神官、悪い人です」

「ふっ」

バネッサが一瞬笑う。ほら、バネッサも私と同じ気持ちだ。

「そう思っていても顔に出してはダメだよ」

「はーい」

父にはそう返事したけれど、あの神官も教会も私の中ではブラックリストに入れておくことにする。

ギラギラ教会、この豪華な教会の資金は一体どこから捻出しているのだろうか。

「怪しい……」

不機嫌に呟く。

献金などはあるのだろうが、この町は領民五十人程度と小規模な町だ。父の資料には教会への資金の項目はあったけれど、そんな大金ではなかった。それに本当の女神像は教会の裏に埋まっている。このギラギラした教会はただの張りぼてにすぎないと思う。

馬車が動き出すと父が目の前に箱を差し出す。

「ルシア、改めておめでとう。これは今日の記念に作っていたものだよ。開けてみてくれ」

箱を開けると私の瞳と同じ色の石が付いた薔薇の形をしたペンダントが入っていた。裏には「愛するルシアへ」と彫ってあった。

「綺麗……」

「エステラが好きだった花だよ」

父にペンダントを着けてもらう。

「お父さま、ありがとうございます」

「泥魔法は珍しい魔法だが、きっと女神様のお導きだ。しかし、魔法の教師はどうしようかな……」

「教師ですか？」

「魔法を教えてくれる先生だよ。ルシアの魔法は珍しい属性だから教師を見つけるまで少し時間が必要かもしれないね」

見つけたとしてもこんな田舎まで来てくれるか分からない問題もある。

「先生がいなくても魔法は使えます」

「ルシアが安全に魔法を使うためだよ。魔法は楽しいけれど、使いすぎると気分が悪くなったりするからね。だから、先生を付けてきちんと試用できるように教えてもらうのだよ」

どうやら魔力値以上の魔法を放つと体調に影響が現れるらしい。でも、それなら問題はないはずだ。なんせ私は女神様の加護で無限の魔力というスーパーパワーを得ているから。

父とバネッサにはちゃんと女神様の加護の話を伝えておこう。

「女神様の加護があるから大丈夫だよ」

「ん？　女神様の加護？」

「女神様から貰った力なの」

「ああ。うんうん。そうだね。女神様はみんなに力を与えてくれるからね」

父がポンポンと私の頭を撫でる。

父、違う！

女神様の加護を証明するために魔法を使う。出すのは泥だんごだ。

「お父さま、見て！　『泥だんご』」

手の平に載ったゴルフボールの大きさの泥だんごを見た父が目を細める。

「さっきの泥とはまた違う形だね。ルシアは凄いな」

「待って。もっともっと『泥だんごパーティー』」

そう唱えると手の平から泥だんごが溢れ馬車の床へ次から次へと落ちていった。

父が慌てながら言う。

「ル、ルシア。魔法を止めなさい。魔力切れを起こしてしまう！」

「平気！　まだいっぱい出せます」

「こ、これは……」

泥だんごを出し続けると父とバネッサが言葉を失う。

少ししてバネッサが口を開く。

「ルシア様……これ以上泥だんごを出されますと、馬車が埋まってしまいます」

「あ……」

調子に乗りすぎた……。

急いで泥だんごを元に戻す。

「き、消えた……ルシアは先ほどの教会でもやはり魔法を消したのだね」

「元に戻したの」

「元に戻すか……ルシア、普通は一度出した魔法は戻せないのだよ」

「そうなの……ですか？」

「ああ。女神様の加護とは本当なのだね」

「はい！」

「そうか……ルシア、よく聞くのだ。女神様の加護のことは私たち以外には言ってはいけないよ。約束できるかな？」

「はい。約束します」

元々その予定だった。父とバネッサはこの世界で私が一番信用している二人だ。メイソンにも打ち明けるかは父に任せることにした。

「このことは絶対に秘密だ。バネッサも頼んだぞ」

「はい。もちろんです。旦那様」

父が一息吐き、信じられないという表情で先ほどまで泥だんごの山があった馬車の床を見つめていると、御者席のメイソンから声が掛かった。

「旦那様、町の中心に到着しました」

領主邸に戻る前に町の中心地で馬車を降り、領地を歩いたが、全然活気がなく完全に廃れている。それに私たちはなんとなくだけれど領民に避けられている。辺境なので領民以外が珍しくて見ているだけかもしれないけれど……なんだが居心地が悪い。

町に活気がない理由の一つは店が全然開いていないことだ。父の資料には登録している店がもっとあったはずだ。一応、二店だけある店を覗いたが商品が少ない。それに、客自体が出入りしているようにも見えなかった。

父が生活用品を取り扱っている店の店主に声を掛ける。

「店主、私は新しく領主になったグランデス子爵だ」

「新しい領主様……とは――」

「うほん」

店主が何かを言いかけたが、店の前にいた男の咳の音で黙ってしまう。

咳をした男は店の前に立っているだけで買い物はしていないようだけれど……。

その後、父が店主に何か尋ねても当たり障りのない返事をされるだけだった。

社交があまり得意でない父にしては頑張ったと思う。

他の領民に話しかけても避けられ変な雰囲気になったので、ひとまず領主邸に帰ることになった。

領主邸に帰る途中、こちらを見ていた六、七歳の子供に小窓から手を振ると遠慮気味に手を振り返してくれた。領民とはこれからゆっくり仲よくなれるといいな……。

「どうしたものか……」

ため息を吐きながら少し気落ちした父に、思いついた魔法を見せる。

「『泥人形《ゴーレム》』」

手の中に現れたのは小さなハニワだ。泥人形で最初に連想したのがなぜかハニワだった。ハニワはちょっと泥要素が強いけれど顔もちゃんとある。

「ルシアの泥魔法はこんなこともできるのか」

父がハニワに触れ感心する。

「あれ……」

父がハニワに触れた瞬間、ハニワの右手を無意識に動かすことができたと思う。たぶんだけれどこのハニワを操ることができる。

集中して魔力を流せば、ハニワの手が垂直に上がった。

「動いた！」

魔力をさらに込めると、ハニワが歩き出した。そこからは簡単で、歌いながらハニワを踊らせば父とバネッサが目を見開いたまま停止してしまう。

「あ……」

これもどうやら普通は簡単にできることではないらしい。

最後にハニワを空中回転させるために魔力をさらに込めると、ハニワがパンと割れて馬車の中で飛び散ってしまう。

「ごめんなちゃい」

すぐに泥を元に戻したので汚れは大丈夫だったけれど、バネッサには少し怒られた。

閑話　代官ジョセフの企み

私はジョセフ・ルーグルトだ。

王家に信頼の厚いルーグルト侯爵家の三男で、男爵の地位を受け継ぎ実家の栄光で王宮の管理職に就いていた。人生、敷かれた黄金のレールを歩み、楽であった。私もそれが心地よかったし、世の中なんでも思い通りに進んだ。

管理職に就いてからは、気に食わない奴は罠《わな》に嵌《は》め王宮から追放、媚《こ》びる貴族からは役職を約束する代わりに賄賂を受け取った。私は着実に王宮で知られる存在になっていった。

これならばすぐにでももっと高い地位を得られる。

そう確信していたはずだったのに、突然の辺境への出向――。

華やかな王都の管理職に就いていた私がなぜこんな惨めな領地の代官などに――そう何度も自答自問した。

私の左遷は王宮での風紀の乱れを招いた当事者という理由だった。確かに王宮に勤務していた平民の下働きとよい仲になったことはある。その女はそのあとに妊娠したらしいが、それは私の責任ではない。あの女が私の慰めを懇願したからだ。

まぁ、そうなるように薬は盛ったかもしれないが……あくまで同意の上だった。

それなのにあの女の実家である商家が同意ではなかったと出しゃばるから、私はその責任を取らされてこんな僻地《へきち》に送られた。

こんなクソみたいに何もない領地になぜ私が！

実家の侯爵家に王都に舞い戻れるよう解決策を嘆願したが、返答は代官として責務を全うせよとのことだった。父上は第二王子派であり今は重要な時期だから、王宮でいざこざを起こした私は遠くで大人しくしておけという意味だった。

「これは一時的なことだ。すぐに王都に帰還できるはずだ」

深呼吸をしてそう自分を何度も落ち着かせた。ほとぼりが冷めれば王都に戻れると。だが、それから一年経っても一向に王都への帰還命令は出なかった。なぜだ！

さらに一年が過ぎた頃に私は悟った。実家の侯爵家に見捨てられたのだと。

それならば、好き勝手にやってやる。

領民からは今まで以上に搾取すればいい。都合が悪くなれば隣国にでも逃げればいいのだ。前の領主だって逃げたこんな辺境なのだからやりたい放題だろう。領民にはせいぜい私の糧になってもらう。

私はそれからいつでも移住できるように隣国の領主と手を組んだ。

隣国はこの国の木材を大層気に入って大量に注文した。隣国との取引はもちろん王宮に報告しなければならないが、そんなルールは無視して取引を続けた。

時が経つにつれ領民が伐採について苦情を提示し始めた。曰く、山の秩序が乱れるから伐採をやめろと……伐採で儲《もう》かっているのにあの平民どもは一体何を言っているのだ。平民のくせに私に逆らうな。

埒《らち》が明かないので領民が不満を言う度に税金の引き上げを行った。苦情を訴えた中心人物とそいつを庇う町の神官は適当な理由を付けて領地から追放、代わりに私の息のかかった神官を据え置いた。

伐採の範囲が広くなるにつれ人手不足に悩んだ。その解決法として隣国の領主が亜人の奴隷を勧めてきた。奴隷制はこの国ではすでに廃止されていたが、今はなんせ人手不足だ。どうせ隣国でいらなくなった亜人だ、山奥で奴隷として働かせても誰も気付くまい。

隣国の連絡係とし奴隷と共に送られてきた使用人はよく働く者たちだったので亜人の管理はそいつらに任せた。せいぜい私を儲けさせてくれ。

辺境の状況に無頓着の王宮は面白いほどに私の偽の報告書を鵜呑《うの》みにしていた。一度でも誰かをここに派遣していれば不正が分かるものだろうが、その怠慢は私にとっては好都合だった。

それから月日が流れ、王宮から一通の手紙が届いた。

「新しく領主が来るだと……」

余計なことを！　領主が来てしまったら私はどうなるのだ！　私の処遇については何も記されていない王宮からの手紙を握りしめる。

「クソ……潮時か」

領主が到着すれば、私の悪事が露見してしまう。

隣国へ逃げる準備をしていると、とある人物から伝達の魔道具に連絡が入った。

「エミリオ・グランデスを始末してくれるのなら、貴殿の領地での行いを白紙にして王宮に返り咲かせてやろう」

転機はいつでも訪れるものだ。女神は決して私を見捨てていなかった。

依頼主は政治の中枢にいるオベリア伯爵、消す相手は力のない子爵、実家も大した発言権のない名前ばかりの伯爵家だ。事故に見せかければ何も問題はないだろう。そう難しくはないはずだ。

隣国で裏仕事を引き受けてくれる傭兵に暗殺を依頼、事故に見せかけてエミリオお殺害する準備が整ったまではよかった。一行の道中に無事にエミリオの馬車に猪の魔物を誘導する罠も仕掛けたと連絡が入っていた。

「これで王都に返り咲くな」

だが、予定日になってもエミリオが通るはずの道に現れなかったという。それに加えてなぜか傭兵が潜んでいた場所に雷が直撃、エミリオの馬車を襲わせる予定の猪の魔物が全て逃げだしたせいで任務遂行不可だと依頼金を送り返してきた。

「クソが！」

結局、エミリオは予定より大幅に遅れたが町へと到着してしまう。

領民には、町の者以外に余計なことを口にしないように常に監視を置いているので問題はない。奴らはここ数年の重税で日々の生活に追われ、隣国の使用人の監視のおかげもあり従順に大人しくなっていた。特に不満を言った中心人物の男を一家ともども無実の罪を着せ追放したのが効いたのだろう。

「馬鹿は扱いが簡単で助かるが、念には念を」

追放した一家は、町を出た後に捕らえた。今は一家で亜人の奴隷と共に鎖で繋いで伐採をさせている。無賃金の人員が増えて何よりだ。

「しかし、エミリオをどうやって消すか……」

あわよくば、エミリオに全ての罪を着せて――。

◇◇

エミリオが到着した日の晩、奴は別邸を訪れるとあれこれと領地のことを尋ねてきた。せっかく酒を飲んで気分を紛らわしていたのに、頭痛の元凶が現れて興醒《きょうざ》めだ。

エミリオを今すぐ消してやりたいが、あくまでも事故に偽装しなければいけない。後ろにいる護衛と目が合うと背筋がゾッとした。こんな護衛の話は聞いていないぞ。雇われ護衛はいると報告はあったが、手練《てだ》れのようだ。こういう奴には賄賂は効かない。

だが、護衛の一人や二人どうとでもなるだろう。

「子爵殿、ここはただの田舎だ。そんなに力を入れても努力は報われませんぞ」

「代官殿、私まだ基本的なことしか尋ねていないのだが……」

「子爵殿もすぐに分かりますぞ。ここの領民はよそ者が嫌いなのだ。彼らのために努力するだけ無駄だ」

「その判断は私がする」

生真面目な奴は面倒だな。

「まぁ、いいだろう。私は子爵殿のためにお教えしているだけだ。実際、領民の誰かと話などできたのだろうか？」

「それは――」

エミリオ、あの伯爵がこいつを消したい理由も分かる。こいつの指摘は的確で間違いを正すのが当たり前だと思っている賢い奴だ。まぁ、賢いだけで貴族の立ち回りを分かっていないようだが……。こいつも護衛と同じで賄賂や権力など通じない奴だ。実に面倒だ。

「子爵殿、もうこんな時間ですぞ」

「ああ、済まない。また明日にでも時間をいただけないだろうか？」

「明日はあいにく忙しくてね。それに、引き継ぎの期間は三か月あるのだ。そう、急がなくてもいいだろう」

「それもそうだが……」

「ああ。そういえば、ご息女の祝福の儀がまだだと……明日、それを済ませたらいいのでは？」

「そうですね。分かりました。ですが、明日以降にまたお時間をいただければ」

「私はどこにも逃げませんよ」

そう言ってエミリオを見送り、扉を閉め舌打ちをする。

「さてさて、どうしてやろうか」

グラスの酒を飲み干し、使用人の一人、コンラードに声を掛ける。こいつは隣国から送られた使用人のまとめ役で、腕はそこそこ立つ。

「おい。あの護衛、あれは問題か？」

「相当腕が立つのは間違いないですな」

「私は問題かと聞いている」

「戦ってみなければなんとも。ですが、子爵の暗殺をしながらになると厳しいかと」

「そうか」

エミリオを徐々に絶望させてから隙を作り叩くのも一興か。

手始めに娘の才能のなさに絶望でもしてもらおうか。

「おい。神官を今すぐ呼べ」

ルシア、泥魔法を極める

祝福の儀の翌日、早朝から領主邸の掃除に徹した。早く魔法の練習もしたいけれど、家が汚れたままだと落ち着かない。

昨日？　昨日は、入浴後に泥だんごを出してバネッサに引き続き怒られたので夜は大人しくしていた。

今日はというと、父は領地の視察と農家のまとめ役と会う予定だと早朝にジェイクとロンを連れて出かけた。

午前中は食卓と厨房の掃除をするバネッサを手伝った。メイソンは父の部屋と執務室を今日中に完全に使えるようにしたいと忙しく動いていた。

厨房には前世の冷蔵庫のような食材を冷蔵する箱型の魔道具があるものの、数年使用されていないようで魔石切れを起こしていた。中に何も入っていなかったのが幸いだ。

「これ、動かないのかな」

「ルシア様、大丈夫ですよ。魔石の替えは旦那様に預かっています」

さすが父！　急いで王都を出た割にはきちんと色々用意していたんだ。普段、ポヤポヤな感じだけれど、父はちゃんと大人をしている。

バネッサが冷蔵庫の上に設置されてある挿入部に魔石を入れると、箱から音が鳴るのが聞こえた。無事に起動したようだけれど結構な騒音だ。

「ブンブンいっているけれど大丈夫かなぁ」

「少し古い物ですからね。ですが、ここをこう叩けば」

バネッサが冷蔵庫の端を数回叩くと、雑音が静かになり正常に動き出した。前世では古典的な方法だけれど、魔道具にも効くんだね……。

「バネッサ、凄いね」

その後、昼食を済ませ廊下の掃除を手伝っていたが、とにかくあくびが止まらない。

「ルシア様、お部屋でお昼寝をしましょう。残りの片付けは私にお任せください」

「うん……」

三歳児の身体……眠くなるのが早すぎる。

部屋に戻り横になると、秒速で眠りに就いた。

昼寝から目覚め、外を覗く。さほど時間は経っていないようだ。たぶん、三十分ほどのパワーナップをした。

先ほどとは打って変わって頭も身体もすっきりしている。さすが三歳児の身体だ。

バネッサとメイソンは、まだ領主邸の掃除に徹している。この時間、私は自由だ。

「今が泥魔法の特訓の好機だね」

父からは女神様の加護について調べるまで魔法を使用する時は気を付けるよう注意をされていた。

本来だったら私に先生を付けるか父自身が魔法を教えたいらしいが、たぶん領地関係で父にそんな時間はしばらく取れないと思う。なので、こっそりと独学で頑張ることにする。

独学と言っても魔法の使い方は祝福の儀である程度自然に習得している。

形象や使用法を頭の中で定め、その後は魔力に乗せて魔法を放つだけだ。そうやってイメージしながら魔法を放つと、自然とそれに合う詠唱が口から出てくる。

なんだか不思議な感覚だけれど、バネッサによるとみんなそうらしい。前世の記憶がある私としては普通ではないけれど、慣れれば普通になるのかもしれない。

掃除に集中するバネッサの目を盗み、領主邸の裏庭に出る。

「庭も荒れ放題だね」

裏庭には、私の背丈を優に超えるススキのような草を含むたくさんの雑草が生い茂っている。

今の季節は秋の初めくらいだと思う。

この国には四季があり、旅の直前はまだ過ごしやすかったけれど、移動中に秋雨で涼しくなったことで夜の移動は子供の身体にとっては少し寒かった。

さて、この草の高さなら魔法の練習をしても誰にも見つからなそうだ。

「よし！」

まずはお得意になりつつある泥だんごを頭の中で大きさと形をイメージして唱える。

「『泥だんご』」

すぐに手の平にイメージした大きさの泥だんごが現れる。

「正直、もう少し魔法に苦労すると思ったけれど……こんなに簡単でいいのかな」

出した泥だんごを見つめながら唸《うな》る。

「こんな泥だんご魔法では災害は防げないのじゃないかなぁ」

どうのこうの言っても始まらない。今は練習あるのみだ。

今度は泥だんごを三つ連続で出してみる。これも苦労せずにポンポンポンとあっさり出てくる。

この泥だんごって飛ばすこともできるのかな？　やってみれば分かるか。

近くの石を狙い投球をイメージしながら唱える。

「『泥だんごアタック』！」

手から飛び出した泥だんごが足元にべちゃっと音を立て落ちる。あれ、イメージが足りなかったのかな。もっとこうシュッと手から離れる感じでイメージして――。

「ハーッハーッ」

両手を使い、泥だんごを飛ばすイメージトレーニングをするが……これ、傍《はた》から見れば某漫画の亀的な得意技にしか見えない。

「……とにかく一度これで撃ってみようっと。『泥だんごアタック』」

両手の中から高速で飛び出した泥だんごは手前の狙った石を強く弾いた。

「しゅごい！」

楽しくなって何度も泥だんごアタックを手から放つ。

「百発百中だ。楽しい！」

二十回ほど泥だんごアタックを楽しんで満足する。

「これはもう極めたね」

得意げに仁王立ちをして胸を張る。

身体の中の第三のエネルギーの魔力はまだ十分にある。というより少しも減った気がしない。これが魔力値の制限がないということなのだろうけれど、制限されていたことがないので比較しようがない。

他の魔法はバネッサの炎魔法しか見たことないから、それも比較できないしなぁ。今度、お強請《ねだ》りでもして父の魔法を見せてもらおう。

泥だんごは極めたので次は泥の人形で遊ぼう。

「『泥人形《ゴーレム》』」

今日はハニワではなく、大きなクマをイメージして魔法を唱えた。

目の前に現れたのは、私より数倍大きなクマのぬいぐるみの形をした泥人形だった。

「このクマちゃんも動くのかな?」

魔法を込めれば、クマが立ち上がる。

「立ち上がると大きいなぁ」

顔は可愛らしい造りだけれど、全体的に大きいのでそれなりに迫力がある。クマを一歩一歩ゆっくりと歩かせてみる。ハニワを操っている時よりも難しくコツはいるけれど、慣れれば問題はなかった。

「せっかくだし……」

好奇心からクマに乗ってみる。

よじ登ろうとしたが、体力的に無理だった。一旦クマの手に乗ってから上げてもらい、クマに肩車してもらう。バランスが難しくてヨロヨロと左右に揺れる。

「怖い、怖い」

練習すること十数分、ようやくバランスが取れる。

前世でクマに乗りたいと抱えていた野望がこんなところで実現するなんて……思わず笑ってしまう。

クマの泥人形に裏庭の草抜きをさせながら草むらを進むとハート形の葉っぱの群生を発見する。この葉っぱの形は前世でもよく栽培していたので分かる、サツマイモだ。

「クマちゃん、ホリホリよろしく！」

クマにハート形の葉っぱが生えている下の土を少しずつ掘り起こさせると、赤紫の芋がごそっと取れた。

「わぁ、やっぱりサツマイモだ！」

前世のサツマイモより少し痩せているけれど、量は多い。

一つ割ろうとしたけれど、痩せた芋でも子供では太刀打ちできなかった。

「クマちゃん、お願い」

クマの両手を使い、芋をポキッと折る。中はクリーム色だ。

たぶん、見る限り前世のサツマイモと同じだ。もしかして早く収穫しすぎたのかもしれない。

他のはもう少し待ってから収穫しよう。自生していたのか前の領主が育てていたのかは知らないけれど運がいい。

「ホクホクのサツマイモ楽しみ」

泥魔法でサツマイモの形をした目印を群生の近くに置いていると、誰かの話し声が聞こえた。

こんな場所に誰かいるの？

草が高すぎて見えない。クマの肩に移動、ぴょこっと草むらから顔を出せば別邸の近くまで来ていた。

「あ……」

声の主を発見、代官のジョセフだ。

こんな人気がない場所で隠れるように一体誰と話しているのだろう。

クマから降りて声が聞き取れるように忍び足で草むらを進み、聞き耳を立てる。

誰かと直接話しているのかと思ったけれど、代官はどうやら通信の魔道具を使って話しているようだ。通信の魔道具は、前世の無線機のようなもので手乗りの丸い玉に向かって言葉を発して遠方と連絡をする魔道具だ。

便利だけれど魔石の消費が激しく、大切な用事がある場合しか使わないと父から聞いた。一応、父も通信の魔道具は所持しており、一度だけ使用しているのを見たことがあった。

そんな通信の魔道具で一体何を話しているのだろうか？

草むらの境まで進むと、代官の声がはっきりと聞こえた。

「――きちんと処理します。山ではあいつが遅延したため計画が狂っただけでございます」

「本当にできるのだろうな？」

「奴はただの子爵です。何もそこまで心配しなくとも――」

「侮るな。早急かつ穏便に消せ」

「はい。分かっております。今度こそ確実に。それで、私とお約束いただいた件――」

「しつこいぞ。お前は任されたことだけ全うしろ、話はそれからだ」

「……はい、お任せください」

ガチャと叩くような音と共に通信が途切れると、代官が大きな独り言を呟く。

「命令ばかりの腰抜けが」

会話の内容に驚いて一歩下がると、草むらがざわめいてしまう。

「誰だ！」

大変。見つかってしまったら危ない。

代官が腰元の短剣を抜き、私の隠れている草むらへとゆっくりと距離を縮める。怖さと焦りで、一人でアワアワとしてしまう。

「どうちよ」

目の前のクマ人形を代官にぶつけるわけにもいけないし……あ、そうだ！

「『泥人形《ゴーレム》』」

小声で唱え、兎《うさぎ》の形をした泥人形を作ると草むらから代官のいる方角へと走らせる。

「なんだ、ただの兎か。驚かせるな」

そう言って代官は別邸へと戻ったので一安心して地面に座り込む。

「あぶなかったたぁ」

今の会話……子爵って父のことだよね？

穏便に消せって……父に危害を加える気だ。山の中の猪の魔物の件も代官の仕業ということか。でも、どうやってこれを父に知らせればいいの？

「うーん」

三歳児の娘がいきなり「父、代官が父の暗殺を企《たくら》んでいる！」なんて言っても信じるか分からない。いや、父だったら信じるかもだけれど……三歳児の娘がそう言ったからと代官を弾圧することはできない。

ともかく、父をあの代官から守らなければ！

「それには私が力を付けないと」

でも具体的に守るっていってもなぁ。泥の防壁とか？

イメージを固め魔法を放つ。

「『泥壁《マッドウォール》』」

ゆっくり伸びるように目の前に聳《そび》え立った泥の壁を見上げる。

「できたけれど、防御力あるのかなぁ」

クマを使い、壁を殴ってみると泥は飛び散るだけで衝撃を吸収したかのように壁はビクともしない。

次に泥で攻撃を試してみよう。両手を構え、魔力を集め放つ。

「『ドロドロ波！』」

手から離れた泥の玉が泥壁を貫き空へと飛んでいく。

「やりすぎたかも……」

先ほどより何重も強力な泥壁を作り、ドロドロ波をぶち込む。

泥壁は少し凹《へこ》んだけれど、十分な防壁だ。これだったら緊急時でも問題なく使えそうだ。

極めるために泥壁をたくさん出していると、一秒以内で泥壁を作ることができるようになった。

「これも極めたね」

仁王立ちポーズを披露しているとバネッサの声が聞こえた。

「ルシア様ー。かくれんぼうですかー？」

「あ、しまった」

掘り起こしたサツマイモを泥魔法で作った籠に入れ、クマと無数に出した泥壁を戻す。

バネッサに見つからないように領主邸に忍び足で入ると、部屋までダッシュで走った。

「サツマイモ重っ！　三歳児の足、遅っそ！」

どうにかバネッサに見つからず部屋へと戻るとサツマイモが入った泥籠をクローゼットに投げ入れ、扉を開けるバネッサを待つが一向に現れない。

「あれ、どうしたんだろう」

窓の下から何か声が聞こえたので、再びクマを登場させ窓まで抱っこしてもらう。窓際から下を覗くと今度は大きな声が聞こえた。

「獣人のくせに忌々しい！」

え……？

窓の下ではバネッサが代官の使用人たちに囲まれていた。

「耳なんか生やして獣が！　ああ、汚らしい」

「何、いじめ？　私のバネッサに？　ゆるちゃない」

沸々と怒りが湧く。バネッサの猫耳は国宝級なんだから！

「『泥雨《マッドレイン》』」

代官の使用人たちだけに泥の雨が降るよう魔力を込める。

「うわっ、なんだこれ」

「きゃー、なんなのこの雨！」

代官の使用人たちが慌てながら一斉に逃げていく。

「ふん。ざまぁみろ」

ニヤニヤ笑っていると、下にいたバネッサと目が合いそうになったので急いで窓を閉めクマを戻す。

さもずっと座っていたかのように椅子でくつろいでいると、バネッサが部屋にいる私を見つけて尋ねる。

「ルシア様、どこにいたのですか？」

「ん、えーと。ここにいたよ」

「先ほどはいませんでしたよ」

「そ、そうかなぁ」

苦し紛れに笑いながら答える。

「外にいたのですか？」

「違うよ」

「本当ですか？　髪の毛に草が付いていますが……」

「……えへへ。気のせいだよ」

髪に付いた草をササッと払う。

「先ほどの泥の雨はルシア様ですか？」

「……かもしれない」

バネッサから目を逸らしながら答える。

「魔法をむやみに人に向けて使ってはいけません」

「でも、あの人たち酷いこと言っていたよ」

「言わせておけばいいのです。私は気にしていません」

私は気になる。

以前父が、亜人が差別されている地域もあると言っていたけれど、王都ではそんなことを肌身で感じたことはなかったから気に留めていなかった。

田舎はまた話が違うのか、あるいはあの使用人たちが差別主義なのか分からないけれど、バネッサに酷いことを言うのなら私はきっとまた同じことをする。

「あの人たちがまた何か言ったら教えてね」

「……分かりました」

「絶対だよ」

「はい。ですが、それより外は危ないので今日のように一人で外出しないでくださいね」

「……はーい」

バネッサは私が外に出ていたのをお見通しだったけれど、それ以上は問い詰められることはなかった。

夕刻、帰宅した父と夕食を取る。献立は今日の昼の残りのスープと私が苦手な旅路用のしょっぱい塩クラッカーだ。

しょっぱいよー。クラッカーをスープに沈めて塩気を薄める。

冷蔵庫は起動したものの……夕食の前に確認した限り、食材はまだ入っていなかった。バネッサは父が今日食材を調達すると言っていたけれど、そんな雰囲気はない。

明らかに気落ちした父から察するに今日も領民とはうまくコミュニケーションが取れなかったのかもしれない。食卓の席はどんよりとした空気が漂っている。

無言の食卓は気まずいので父に尋ねる。

「お父さま、何かあったのですか？」

「何もないよ」

いや、絶対に何かあったよ。父のスキル呑気ポヤポヤが消えているんだもん。それに昼間、雲行きの怪しい代官の会話を聞いた後だから気になる。

共に食事をするメイソン、ジェイク、それからロンに視線を移すとすぐに逸らされた。

これは、絶対に何かあったね。

領地に到着してから、領民が幸せではないことは明らかだった。中には私たちを敵意のこもった目で見ている者もいた。

贅沢《ぜいたく》をしている代官と町の教会を見れば、領民の厳しい目つきの原因が何かは大体予想がつく。父とあの代官は正反対の人間だけれど、領民の立ち位置からしたら貴族は一括りで考えられているのかもしれない。

「お父さま、明日も領地の視察をするのですか？」

「ああ、そうだね」

「ルシアも行きます」

「いや、大人のお話が多くて時間も掛かるから、ルシアにとっては楽しくないよ。バネッサとお家で遊んでいた方が楽しいよ」

父は私の領地視察への興味を逸らすためにそう言っているのだろうけれど、逆効果だ。私はその大人のお話が聞きたいのだから。それに、代官の企みを聞いたからには可能な限り父の傍《そば》から離れないように行動をしたい。

まだ魔法は初心者だけれど、私には女神様の加護がある。魔力のごり押しである程度なんでもできるはずだ。それに、父に何かあったらと思うと領主邸で心配しながら待機するなんてありえない。

「ルシアも行きます！」

「いや、ルシア――」

「ルシアも行きます！」

半ば強制的に行くことを押し通す私に父が苦笑いしながら悩む。もう一押しだ。このタイミングで上目遣いを使う。

「お父さま、お願い」

「う、うーん。分かった。ちゃんといい子に大人しくするのだよ」

「はい。いい子にします」

大人しくするかは知らないけれど。

ルシア、領地の視察をする

次の日、バネッサに起こされる前に目覚める。

「サツマイモを干さないと！」

サツマイモはしっかり干さないとすぐにカビが生えてしまうのだ。

昨日掘り起こした芋を窓の外の日陰になっている部分に干しながら、前世でよく作っていたサツマイモのいも餅を思い出す。

蜂蜜をたっぷり付けて……美味しいんだよねー。作れるといいなぁ。

干したサツマイモに願いを掛ける。

「甘くなーれー」

扉の近くから足音が聞こえたので、急いでベッドの上に上り仁王立ちをしてバネッサを迎える。

「バネッサ、おはよう！」

「ルシア様、おはようございます……」

バネッサがベッドの下や中を調べ始める。

「バネッサ、どうしたの？」

「お嬢様がその立ち方するのは何か隠している時ですので」

「ち、違うよー」

確かにサツマイモを隠してはいるけれど……。

「分かりました。それでは、早くベッドから下りてお着替えをしましょう」

バネッサに着替えを手伝ってもらう。今日は旅路用にも着ていたスカートの下にキュロットのある服だ。

今日の視察は門の外に出て領地の農地を確認に行くという。

畑は野菜などもあるが、ライ麦と小麦がおもな作物だという。ライ麦は初夏に、小麦は秋の雨が降る前に収穫されており、今は来年の小麦の作付けのシーズンに入っているという。

実は昨晩、昼間に父に何があったのか調べるため、夕食後は執務室で父の膝の上で寝たフリをしながらメイソンとの会話を堂々と盗み聞きしたのだ。

父とメイソンが話していた内容によると、どうやら領民の貴族に対する不満はとてつもなく大きいらしい。

父は少しでも問題を解消するために、貴族に不信感を持つ農家のまとめ役たちが集まった場で懸念や困り事があるなら聞くと伝えたが……誰一人として口を開かなかったらしい。

父が悲しそうメイソンに愚痴を漏らしていたので、私まで悲しくなった。

ジェイクが陰ながら集めた情報によると、どうやら過去に懸念や不満を言った者に代官が何かしら罰を与えていたらしい。

朝食の食卓に向かうと父が笑顔で挨拶をする。

「ルシア、今日は早起きだね」

「お父さま、おはようございます」

元気に挨拶を返す。

今日の朝食は旅路用の固いパンだ。農家との話し合いが上手くいかなかったので、食材の調達もできなかったようだ。

パンを口に押し込み出発する。

門から町の外に出れば、一面の田畑が続いている。数日前も思ったけれど、やはり田畑はあまり整備されていないように見える。

時折馬車を止め、父が何か手帳に書き記していた。聞けば、田畑の大きさと作物の種類を記しているという。

父とジェイク畑を数えている間、馬車で待たされる。

バネッサとメイソンは今日、一緒ではないので一人で暇だ。

私のお守り役のロンがあくびをしながら馬車の外に座っているのを小窓から確認する。これなら反対側のドアからこっそりと馬車を降りても見つからなそう。

父たちを待っている間、ちょっとだけ外で泥魔法の練習をする予定だ。

「『泥人形《ゴーレム》』」

私の等身大の泥人形を作る。泥人形は上出来だ。席に座らせ、私の帽子を被せショールを巻く。近くで確認しない限り、泥製だとは分からないはずだ。

ゆっくり馬車のドアを開けるが、地面まで結構遠い。小声で唱える。

「『泥スライド』」

馬車の扉から地面までの滑り台を完成させる。滑り台を下り地面に着地すると、地面にあった水たまりの泥で靴が汚れてしまう。

「汚れちゃった」

魔法みたいに戻すことができればいいのに……ん？

「もしかしてできるのかな？」

試しに汚れた靴の泥に魔力を流してみる。

「ちゃんと通る……」

これなら泥は操れるはず！　泥に魔力を通したまま唱える。

「『泥操作』」

私の魔力が巡《めぐ》った泥は簡単に操ることができた。

「魔法、しゅごすぎる」

興奮して噛んでしまう。

すぐに靴から泥を綺麗に浮かす。魔法で出した泥だけでなく普通の泥も操ることができるなんて、これは掃除に使えそう。

せっかくなので馬車に付いていた泥も取り除き綺麗にする。

ロンはというと……父とジェイクを遠目に眺めており、こちらに全く気が付いていない。これなら離れても見つからないだろう。忍び足で馬車から離れる。

馬車から少し離れた場所で一番得意な泥だんごの魔法から出す。

「『泥だんご』『泥だんご』『泥だんご』」

連続で泥だんごを出す。初日よりも形のいい泥だんごだけれど、並んだ泥だんごが芋虫のような形になってしまった。

「んー、これをどうしよう」

芋虫だんごの使い道を考えていると、地面に丸い穴を発見する。もしかしてこの泥だんごを土の中で移動させることも可能なのだろうか。

芋虫だんごに魔力を込めると、ウネウネと動き始めた。

「動いたけれど、動きが普通に気持ち悪いなぁ……」

これも、私の芋虫の想像力から動いているのだろうか？

とりあえず、芋虫だんごを穴に放り込んでみる。

「ちゃんと土の中も進むんだ。凄い」

少し進ませると止まってしまう。魔力が足りない？

魔力をさらに込めると、芋虫だんごが土を吸収してサイズがちょっと大きくなった。これって上手く使えば土を掘れそう。

もう少し俊敏に芋虫だんごを動かそうとして魔力を込めすぎたのか、芋虫だんごが地面の奥深くに入ってしまう。

私の魔力が巡っているからか、芋虫だんごがどこにいるのかは大体把握できるのだけれど、結構下まで潜ったなぁ。

多めに魔力を込め、芋虫だんごを地上に引き上げるが、つい勢い余って地面から芋虫だんごが高く飛びあがり宙を舞う。

「あ……」

魔力を込めすぎてしまった。

芋虫だんごは、少し離れた草むらの中に落ちると鈍い音がした。

「う、結構大きな音」

ドキドキしながら馬車のある方角を確かめる。

音でロン気付いたかもと思ったけれど、セーフだった。

「よかったぁ。見つかったら、外出禁止にされそう……」

芋虫だんごが落ちた場所は少し離れているけれど、拾いにいこう。魔力を込めたものを野放しにしていたら誰かに新種の魔物だと勘違いされそう。

落ちた辺りを確認すると、すぐに芋虫だんごを発見する。

「あれ、これは……」

芋虫だんごの隣に動物が倒れている。もしかして芋虫だんごが当たってしまった？　大変だ。

恐る恐る動物に近づく。

「たすけ……」

ん？　今、この動物から何か聞こえたような気がしたけれど……。

「気のせいかな」

息はしているようだけれど、ぐったりした様子だ。大丈夫かな。

できれば助けてあげたいけれど……この動物はなんだろう？

「……たぬきの子供？」

「……違う」

「え？」

「たぬき……じゃない……もん」

やっぱりさっきの声も空耳じゃなかった。このたぬきが喋っているの？　ずいぶんと苦しそうな声だけれど……。

そっとたぬきを表に向けると、虚《うつ》ろな青紫の瞳で見つめられる。

この風貌は確かにたぬきではないけれど、前世のＳＮＳで見たことのある動物だ。なんだったかな――。

「そうそう、ミーアキャットだ」

「違――」

ミーアキャットは何かを言いかけてパタリと意識を失ってしまう。

「え？　どうちよ」

目に見えて怪我をしている箇所はなさそうだけれど、息が荒く苦しそうだ。

アワアワしながらミーアキャットを抱き上げると、私の身体から現れた淡い光がミーアキャットを包んでいく。

「この光、何？」

光がミーアキャットの全身を包み終わると頭の中に文字が現れた。

【聖獣アマリアルと契約をしますか？】

【ＹＥＳ　　ＮＯ】

聖獣……え？　この子が？

聖獣は子供用の本で読んだことあったけれど、実在したんだ。

アマリアルなんて初めて聞く動物だ。聖獣と契約できる話とかは聞いたことはない。

選択肢はYESかNOの二択しかない。これはNOにしたら、この子はこのままぐったりパターンなの？　それなら――。

「YES！」

勝手に判断することに迷ったけれどYESを選択する。

すると、アマリアルの身体が眩《まぶ》しく光ると同時に私から魔力がごっそりと抜けるのが分かった。

眩しさが引くと、目の前に元気になったアマリアルが二本足でちょこん立っていた。

か、可愛い……。

つぶらな瞳に小さな手、外見はまだ子供のようだけれど、このちょこんとした立ち方が普通に萌《も》える。

私を見上げ、アマリアルが前足をモジモジしながら喋り出す。

「危ないところを助けてくれてありがとうなの！　元気になったの！」

小さな女の子の声……声まで可愛らしい。

「元気になったのはよかったけれど、なんだか勝手に契約しちゃったよ」

「いいの。おかげで魔力切れから助かったの！」

この子は魔力を使いすぎて倒れていたという。私と契約したことで、私の魔力から力を補充したらしい。

あのごそっと魔力が減った時か……。

「緊急だったから契約したけれど、破棄しても――」

「ダメなの。もうご主人様なの」

ご主人様って言われてもなぁ。

「会ったばかりなのに大丈夫？」

「うん。ご主人から女神様の匂いがするから大丈夫なの」

アマリアルがクンクンと私の匂いを嗅ぎながら言う。女神様の匂いって何？　自分の腕の匂いを嗅ぐが、そんな匂いはしない。

断ろうとしても、大きな瞳で悲しそうな顔をするので聖獣との契約を受け入れる。

「分かった。じゃあ契約はそのままね」

「やったぁ！」

飛び跳ねながら喜ぶ姿が可愛くて目尻が下がる。前世では猫が飼いたいと思いつつ、結局飼うことは叶《かな》わなかった。

「えと、ミーアキャット……じゃない、アマリアルは――」

「名前が欲しいの」

「名前？」

キラキラした宝石のような目でお願いされる。

えと、どうしよう。

この子の瞳は、まるでラピスラズリのように美しい。

「それなら、ルリはどう？」

「ルリ？　うん。気に入ったの。ありがとう、ご主人」

「私のことはルシアって呼んで」

「ルシア、ありがとうなの！」

ルリに気になっていたことを尋ねる。

「もしかして私の魔法が当たって倒れていたの？」

「違うの……前に棲んでいた場所に住めなくなったの」

ルリは棲んでいた場所で起きた転移する竜巻に巻き込まれ、遠いこの地まで飛ばされてしまったらしい。竜巻に対抗しようと魔力を使い果たしてしまいここに落ちていたという。

「大変だったね。前に住んでいた場所に帰らなくていいの？」

「いいの！　ルリ、ルシアの傍にいるの！」

「分かった。よろしくね、ルリ」

「よろしくなの！」

そろそろ馬車に戻らないとロンが私の替え玉泥人形に気付いてしまうかもしれない。でも、ルリはどうしよう。

ルリが大きな瞳で私を見上げ首を傾げる。

可愛い。

うん。父にお願いしよう。父も動物好きなのは知っている。王都の屋敷の近所にいた野良猫に餌をやっていた姿を何度か見たことがあるから、絶対に大丈夫だ。

「ルリ、馬車に戻るから一緒に行こう」

「うん！」

ルリと手を繋ぎ馬車へと向かう。

ロンはというと、私がいなくなっていたことに全く気付いていなかったようだ。最後に見た体勢のまま草を咥《くわ》えていた。ロンの護衛の能力が不安になる。

ルリに耳打ちする。

「ルリ、静かに馬車に乗ってね」

『分かったの！』

ルリの声が頭の中で響く。え？　え？

これ、もしかしてテレパシー？　ルリを見ればドヤ顔をしている。可愛い。

「凄いね、ルリ」

『ルリ、凄いの。でもルシアもこれできるの』

「え？　そうなの？」

『うん。思ったことを頭の中で喋るだけだよ』

言われた通り頭の中でルリに話しかけてみる。

『ルリ、聞こえる？』

『ルシアの声、ちゃんと聞こえるよ！』

テレパシーで意思疎通ってなんだかルリと私だけの秘密のようで楽しい。

『じゃあ、他の人の前ではこんな風に頭の中で喋ってね』

『うん、いいよ。でも、どうしてなの？』

『他の動物はお喋りしないから、急に喋ったら、みんなびっくりしちゃうでしょ』

『そうなの？　みんなお喋りするよー』

どうやら動物や魔物たちは、みんな互いに意思疎通できるようだ。ルリは聖獣なので人とも話すことができるようだけれど……。

『普通の動物や魔物は人間とお喋りできないんだよ』

『そうなの？』

「うん。だからシーッね」

唇の上に人差し指を当てながら言う。

『分かったの！』

泥魔法で階段を作り、ルリと一緒に馬車の中へ静かに乗ると扉をゆっくりと閉めた。

「替え玉ちゃん、ありがとう」

替え玉の泥人形を戻し、ルリと一緒に座っていると父が馬車に戻ってきた。

「ルシア、待たせてしまっ――」

馬車に乗り込もうとした父がルリを見て足を止める。

「ル、ルシア、その子はどうしたのだい？」

「お父さま、この子はルリっていうの。お家に連れて帰りたいのだけれど、ダメかなぁ」

「うーん。野生の子だから――」

「ルリ、いい子だよ。ダメかなぁ」

百パーセントの確率で父が落ちる上目遣いで強請る。隣に座っていたルリも私の真似をして大きな瞳でお強請りする。

「く、可愛い……分かったよ」

父が落ちた瞬間だった。

父が苦笑いしながら馬車に乗る。

「お父さま、ありがとう！」

「うんうん。ちゃんとお世話をするのだよ」

「はーい。やったぁ」

「やったの！」

ルリが飛び上がりながら、思いっきり父の前でお喋りをしてしまう。

「へ？」

喋りながら喜ぶルリの姿に父が目を見開いたまま止まる。

「あ！　喋っちゃった！」

ルリが焦りながら前足をわちゃわちゃする姿は可愛いけれど、父の表情は硬い。

「ルシア、その子は今喋った……のだよね？」

ルリを凝視したまま父が尋ねる。

もう知ってしまったのなら仕方がない。

「はい。ルリは特別なのです」

「会話ができる動物なんて伝承にある聖獣しか……ルシア、どうして目を逸らすのだい？」

その聖獣だからだけれど、大事《おおごと》にはしたくない。

「お父さま、ルリは特別なの！」

「うーん。分かったよ。だが、他の人の前ではお喋り禁止だよ。約束できるかい？」

「はい！」

「ルリも分かったかい？」

「分かったの！」

ルリが大声で言うと、御者席にいたジェイクが声を掛ける。

「子爵、何か問題でも？」

「いやいや、娘が大声を出してしまっただけだ。次の視察地に向かってくれ」

馬車が動き出すと父が釘《くぎ》を刺す。

「ちゃんと約束を守らないと。私からのお願いだ」

「分かったの」

ルリが小声で返事する。ルリが間違えて人前で喋らないようにできるか少し心配だ。

『ルリ、大丈夫そう？』

『ルリ、頑張る！』

ルリが前足の拳を握り言う。

何度か練習すれば大丈夫かな？　ルリが間違って喋ってしまった時のために誤魔化し方のパターンを考えておこう。

父と次に向かったのは町の隣に位置する山だ。

馬車から降り山を見上げる。周りの山より低いけれど、それなりに高さはある。

馬車から降りたルリを見たロンが驚きながら尋ねる。

「え？　お嬢、その動物はなんですか？」

「この子はルリ。今日から一緒に住むの」

ルリは一言も発さずに私に寄りそう。

『ルリ、偉いね。その調子だよ』

『ルリ、偉いの』

ロンが困惑しながら尋ねる。

「いつの間にそんなものを拾ったんだ？」

「馬車で待っている時だよ」

「ん？　外に出たのか？」

「ううん」

ロンとしばらく見つめあっていると父が馬車の上に乗り、双眼鏡に似た魔道具を使いながら辺りの確認を始める。

馬の手綱を木に結んでいたジェイクが驚いたように注意する。

「子爵、馬車の上は滑るので、お気を付けてください」

「大丈夫だよって、おわっ」

父の足元がふらつき馬車から落ちそうになる。

「お父さま！　『泥だまり《マッドパドル》』」

父の落下地点に先回りして、四角の形をした泥だまりを宙に張ると、父から詠唱が聞こえた。

「『風噴射』」

すると、突如現れた風が父を馬車の屋根へと押し上げ戻す。

父の魔法だ。

「お父さま、凄い！」

父の魔法を初めて見た。なんだか父が少しかっこよく見えた。

「これは……」

ジェイクが私の宙に浮いた泥だまりを見ながら眉間に皺を寄せる。

ロンも驚きながら、浮かぶ泥だまりの左右を確認する。

「泥水が浮いているのか？　これ、お嬢の魔法か？　凄いな」

父との約束がある手前、魔法を戻すことができずに苦笑いをする。

困っていた私に、父が馬車の上から何事もなかったかのように笑顔を向け言う。

「ルシア、私のためにありがとう。もう泥水は流しても大丈夫だよ」

そうか、戻さなくても泥はそのまま地面に流せばいいのか。父のアドバイス通り、宙に浮いた泥だまりをゆっくりと地面に流し大地に浸みこませた。

「ルシア嬢も父君と同じで魔力値が高いのかもしれないですね。しかし、泥を使う魔法とは珍しい」

ジェイクがいつもの笑顔に戻り微笑む。

「そんなに珍しいの？」

「知っている限り他に同じ使い手はいないですね」

「ジェイクの魔法は何なの？」

「ありふれた水魔法ですよ。『水《アクア》』」

ジェイクが魔法を唱えると、水の塊が手の平にぷよぷよと浮かんだ。

「可愛い」

「可愛いは初めて言われたかもしれないですね。触ってみますか？」

「いいの？」

「どうぞ」

ジェイクが片膝を突き、水の魔法が浮かぶ右手を差し出す。

人差し指で浮かぶ水に軽く触れると、指先が濡れ少し押し返されるような感触がした。指先に付いていた魔法の泥と混ざらない魔法の水を見つめながら閃《ひらめ》く。

もしかしたら私の泥魔法って水と土を分離できるかもしれない。後で試してみよう。

「ジェイク、ありがとう」

「これくらいなら、いつでも」


しばらく双眼鏡で山を観察していた父が難しい顔をする。

「ずいぶんと伐採されているね」

確かに場所によっては山が禿《は》げている。明らかに人為的に伐採されているのが分かる。

隣にいたルリが私のスカートの裾を引っ張る。

『みんなが困っているの』

『ルリ、みんなって？』

『山に住んでいる動物たちだよ』

ルリが言うには、伐採のせいで山に棲む動物たちの住処《すみか》がなくなり、食べ物を以前のように調達できなくなったりしているらしい。生態系に関わる問題ならいずれ人にも影響がある。それに、人が伐採をしすぎたことで動物たちが困っているのはかわいそうだ。

今日はひとまず町に戻ることになった。父は領主邸に戻り次第、代官の過去の資料と今日の視察の結果を照らし合わせるという。だけど、厳しい表情を見る限り、もう父の中では結果は出ていると思う。

「どうどう」

御者席のジェイクが馬車を止める。小窓から顔を出すと、野菜を載せた大型のリヤカーが泥《ぬか》濘《るみ》に嵌まり立ち往生していた。

父が馬車から降り、リヤカーの近くにいた若い男女の領民に声を掛ける。

「大丈夫か？」

「は、はい」

二人は帽子を取り、深く頭を下げ返事をする。それは、まるで怯えているかのようだった。

泥濘を見れば結構深く車輪が沈んでいる。父たちが手伝えば、抜けなくはないかもしれないが、労力と時間が掛かる。

父は泥濘に填まったリヤカーを押し出すために靴を脱ぎ始めたけれど、ここ連日の領地視察や領民との溝や代官とのことで疲れているはずだ。

「ルリ、お父さまの手伝いに行ってくるね」

「ルリも行く！」

泥の階段を作り、ルリと一緒に馬車を降りると父に向かって指を上げる。

「お父さま、お手伝いできます！」

「ル、ルシア。いつの間に馬車から出てきたのだい？」

「見ていてください。『泥操作』」

車輪にねっとりと絡まっていた泥に魔力を流し取り除く。道の端に泥をまとめるとリヤカーは問題なく動くことができた。

「え？」

「どうやって？」

リヤカーの男女は二人とも私の魔法に驚いていたけれど、安心したように頭を深く下げた。

「領主様、お嬢様、ありがとうございました」

「本当に助かりました」

父が笑顔で尋ねる。

「二人は昨日の集まりにいたね」

「覚えていただけていたのですか？」

「名前は聞いていなかったね」

二人はクリスとカリンと名乗った。二人ともよく見れば少し痩せているような気がするが、優しそうな雰囲気だ。

リヤカーに載った野菜を指差しながら尋ねる。

「お野菜たくさんだね。あれはどんな野菜なの？」

「はい。バターナッツのかぼちゃとチャールでございます」

リヤカーには、ベージュ色のヒョウタンのような細長い形状のかぼちゃとケールのような野菜が積まれていた。ケールのようなものが、この地域ではチャールと呼ばれているらしい。

父がリヤカーから転げ落ちていたかぼちゃを拾い尋ねる。

「見事だな。できれば、いくつか売ってくれるか？」

「……そうしたいのですが、収穫物は一度全て倉へ持っていき登録するのが決まりでして……」

「そんな決まりが？　ふむ。それはどのような理由で登録をするのかな？」

「それは……」

クリスとカリンが互いに顔を見合わせ言い淀《よど》む。

「君たちが教えてくれたことで咎《とが》めたりしない。この町の状況をただ知りたいだけだ」

「それなら……僕たちは人頭税が金銭で払えないので、収穫物を人頭税に当ててもらっています」

あれ？　それはおかしい。だって、領地の資料を盗み見した時には人頭税の項目はなかった。

父も同じところに疑問を抱いたようでさらに質問を深掘りする。

「人頭税はそんなに高いのか？」

「それは――いえ、高くないです」

クリスが口を噤んだが、カリンは声を上げる。

「あ、あの。そ、その。せめて私たちが日々食べられる分があれば――」

「カリン！　やめろ」

クリスは咄嗟《とっさ》にカリンを止めようとするが、父が手を振り上げ制した。

「いや、続けてくれ。私は聞きたい」

カリン曰く、人頭税として収穫物の八割から九割ほどを徴収されているらしい。

九割って……それはもうほぼ全部でしょ！

他の領民も同様な状態らしく、自分たちが食べていくだけで精一杯だという。町を出ようとしたこともあったが、以前数人の領民が逃げてからは代官が領民に見張りを付けており、見つかれば酷い罰を受けるという。

クリスとカリンは夫婦かと思ったけれど、結婚するには代官と神官に多額の金を払わなければならず、ここ数年は誰も結婚できていないという。そんなの酷い……。

事態は思ったより深刻なようだ。

まず、代官が付けているという見張り。これは、以前生活用品店を訪れた時に店の前に立っていた男、あれはそういうことだったんだ。今思うと不自然な点ばかりだった。店主が何度も男に確認するような視線を送っていたのも辻褄《つじつま》があう。

あの代官と神官が領民から搾取しているのは明らかだ。

それが父を消そうと目論《もくろ》んでいる理由？　代官と通信していた相手が気になる。

この領地は問題が多すぎる。父はどうするのだろう……。

カリンの話を最後まで聞いた父が頭を下げる。

「済まない」

「そ、そんなことやめてください。昨日今日この町に来た領主様のせいではないと分かっています」

「だが、領民を守るのは私たちの貴族の義務だ。もっと早くに誰かが領地の異変に気付くべきであった」

再び頭を下げた父をカリンとクリスが困ったように眺めた。

その後、父はカリンとクリスに領地の状況の改善を約束し、困ったことがあればいつでも声を掛けるように伝えるとそのまま別れた。

馬車に乗ると父は静かに小窓から外を眺めていた。その顔は何かを決心したような面持ちだった。

途中から静かだったルリに話しかける。

「ルリ、大丈夫?」

「うん。人間も大変なの」

「そうだね」


日が暮れた頃に領主邸に到着する。馬車から降りると出迎えたメイソンがルリを凝視する。

「旦那様、動物は拾ってこないとお約束されていたはずですが」

「私ではないよ。今回はルシアだから、いいだろう?」

「分かりました。その……たぬきの寝床を何か準備しましょう」

『たぬきじゃないもん!』

ルリの声が頭に響く。ルリ、よくお喋りを我慢できたね。偉い偉い。

「メイソン、この子はルリだ。たぬきではないよ」

「ルリですか。可愛らしい名前です。トイレの躾《しつけ》はバネッサにお願いしましょう」

それから部屋に戻りバネッサにもルリを紹介すると、バネッサが片膝を突きルリに頭を下げる。

「え？　バネッサ、どうしたの？」

「こちら聖獣様ですよね」

どうやら獣人にはルリが聖獣だと分かるようだ。バネッサにルリが喋ることを伝えると見たこともないほど目が見開いた。

「ルリ、バネッサになら喋りしても大丈夫だよ」

「分かったの！」

「このようにお言葉まで交わせるなんて……」

「バネッサ、よろしくなの！」

「はい。お二人のお世話はお任せください」

ルリと会話できる人が増えてよかった。私と忙しい父だけだときっと寂しいよね。本当はみんなと話せるといいけれど、ルリが聖獣だという事実でどんな影響がでるか分からないので、その話はおいおいできればと思う。

バネッサが部屋から退室すると、窓を開ける。朝方に干していたサツマイモは無事かな。

「美味しくなっているかなぁ」

まだ表面は濡れている感じがする。あと数日は干さないといけない。

サツマイモを見ていたルリが鼻をピクピクと動かす。

「それ、おいしそうなの」

「食べてみる？」

「うん」

ルリにサツマイモを一つ渡すと前足で受け取り、立ったままボリボリと食べ始めた。

「美味しい？」

「食べたことのない味」

モグモグが止まらないので気に入ってくれたようだ。

ルリは大地からの魔力補給だけで十分生きていくことができるらしいが、たまにフルーツや木の実を食べることもあるという。初めて会った時は、魔力切れを解消するために大地から魔力を補給しようとしていたという。

「今、魔力は大丈夫なの？」

「ルシアと契約したから問題ないの。ルシアの魔力はたくさんあるの」

私が持つ女神様の加護の恩恵をルリも受けることができているらしい。魔力だけはマシマシでたくさんあるから問題はないだろう。

サツマイモを食べ終え悲しそうな顔をするルリに思わず笑ってしまう。

「サツマイモはまだ庭にもたくさんあるから、好きなだけ食べていいよ」

「本当？　やったぁ」

口いっぱいサツマイモを含むルリにもうひとつ気になっていたことを尋ねる。

「ルリも魔法が使えるの？」

「うん。一番に使えるのはこれだよ」

ルリが詠唱することなく手を上げると、何層にも重なった青い盾が私たちを囲む。

「凄い」

「こんなに現れたの初めてなの。ルシアのおかげなの……」

ルリ自身も目の前の盾の数に驚いているようだ。

今までは、同じ魔力の使用ならこの半分ほどの数しか出せなかったという。

「私のおかげなんだ……」

「あと、この魔法も使えるの」

ルリが癒やしの魔法という怪我や病気を治す魔法を披露すると、私の指先にあった小さな切り傷が治る。

「ルリ……凄いよ！」

「そんなに凄いかな？」

「うんうん。とーっても凄い」

「ルリ、凄いの！」

ルリが小躍りを披露する。

揺れるお尻が本当に可愛い。

小躍りが終わると、ルリの青い盾が消えていく。ルリも私と同じで魔法を戻すことができるようだ。

その後、食堂へ向かう。今日もどうやら私一人での夕食のようだ。

「また一人かぁ」

「ルリもいるよ！」

「そうだね！　ルリもいるね」

バネッサも配膳が終わると風呂場の掃除に向かった。

夕食は相変わらず品数が少なく寂しい感じがしたけれど、今日はキノコと山菜のスープが出ていた。どうやらメイソンが昼間に採ってきてくれたようだ。

「キノコ、美味しい」

夕食後にはメイソンがルリ用の寝床を部屋に準備してくれた。

メイソンのルリへの初見の態度で、もしかして動物が苦手なのかと思ったけれど……届けられたルリの寝床は、リボンの結んであるバスケットにフワフワのブランケットが敷いてあるものだった。小さな枕も付いているのだけれど、これはどこから調達したの？

「やけに可愛いセレクト……」

ルリは寝床を気に入ったようで、早速、中で丸くなった。

驚いたのは、そんなルリの姿をメイソンが目を細くして眺めていたことだ。

「お嬢様、私の顔に何か付いていますか？」

「ううん」

凝視しすぎた。メイソン、父と同じで絶対動物好きだったんだ。

その後、バネッサがお風呂の掃除が終わったというから両手を上げて風呂場に向かう。

領主邸の風呂場の浴槽は猫足が付いたレトロな感じで、とても気に入った。王都の家よりも浴槽は小型だけれど、私の身体も小さいので問題はない。

「ピカピカになったね」

「ルシア様にご提案いただいたホワイトビネガーの掃除法で臭いも取れました」

早速身体を洗ってもらい、湯船に浸かる。リラックスしながら気持ちよくなると声を出る。

「あへ〜」

「ルシア様、また声が出ていますよ」

「だって気持ちいいんだもん」

不可抗力だよ。手を合わせピュッと水を飛ばすとバネッサの猫耳まで水が跳ねる。

「その遊びはやらないというお約束をお忘れですか？」

「忘れてた。ごめん」

バネッサに髪を洗ってもらうととろけそうになる。

「そんなに気持ちいいの？」

ルリが浴槽の淵《ふち》に立ちながら湯船の中を興味深く覗く。

「ルリも入る？」

「いいの？」

ルリが足をちょんちょんとお湯に浸ける。湯加減を確かめているのかな、動作がいちいち可愛い。

「ほら、全然熱くないよ。ゆっくり――」

「入るの！」

ルリがそのままジャンプして湯船に飛び込み犬《いぬ》搔《か》きをすると、お湯が跳ねバネッサが水浸しになる。

「あ……」

ルリと声を合わせ、バネッサを恐る恐る見る。

「お二人とも！　お風呂の中の遊びは禁止です！」

「ごめんなさい」

ルリと二人、バネッサの濡れた耳を拭きながら謝る。

風呂から上がり髪をタオルで巻く。

タオルでシャカシャカとバネッサに拭かれていたルリが早く解放されたくて抵抗する。

「もう、大丈夫なの」

「ダメですよ。綺麗に乾かさないと風邪を引きます」

バネッサの炎魔法でルリがモコモコに仕上げられる。

「ルリ、可愛い」

「すっきりしたの！」

私も髪を乾燥してもらって、ベッドへ潜る。

今日は色々あったけれど……久しぶりにお風呂に入って温まったし、よく眠れそうだ。

ルシア、人助けをする

夜中、昼間の疲れもあり熟睡しているとルリのテレパシーが頭に響いた。

『――シア。ルシア、起きてなの』

目を擦りながら窓際を見れば、カーテンの隙間から月の明るさが零《こぼ》れていた。まだ朝じゃない。

枕元で行ったり来たりするルリを止める。

「どうしたの？」

「山から『助けて』って聞こえるの」

「動物の子？」

「違うの。バネッサと同じ子なの」

バネッサと同じってことは獣人ってこと？　覚えている限り、この町で獣人は見掛けていない。いたとしてもバネッサに対する代官の使用人の差別的態度からもトラブルの予感しかしない。

父に伝えるべき？　迷っているとルリが焦りながら私の腕を引っ張る。

「山の奥なの。急がないと！」

山の奥？　うーん。とにかく急ごう。

「着替えるから待って」

クローゼットから旅路用の服を引っ張り出し着替える。バネッサがいないと着替えるのも一苦労だ。

念のために替え玉の泥人形をベッドに仕込む。泥がシーツに付いてしまっているけれど、魔法を戻せば問題ないはずだ。

準備ができたので静かに部屋から出て、忍び足で領主邸の外へと向かう。結局、父には伝えずに出ることにした。たぶん伝えても、山には向かわせてはくれないだろう。ルリのこの焦りようから事態は緊急のようなので——父、ごめん。

できるだけ起きる前に帰ってくるようにするから、こっそり外出することを許してほしい。

「あっちから聞こえるの」

ルリが指差した方向は、父と視察に行った山だった。

ルリは早く向かおうと急かすけれど、幼女の足ではあそこまで行くとなると相当な距離があるので時間が掛かる。私が死にもの狂いで走っても時速幼女だ。着くのは昼頃になると思われる。そんなスピードでは間に合わないだろう。

馬車は使えないし、何か私でも使える乗り物——そうだ。

イメージを固め、泥魔法を唱える。

「『泥ライダー』」

現れたのは前世の幼児用三輪車だ。泥製なのでなんだかところどころドロドロしているけれど、普通に乗れる。

なぜ詠唱が泥ライダーかという疑問は残るけれど、この三輪車はそのまま泥ライダーと名付ける。

乗り物は準備できたけれど、町からどうやって出よう……。

この時間でも代官の息の掛かった町の門番がいるだろうしなぁ。悩んでいるとルリが得意げに胸を張る。

「空？」

「ルシア、空から行けば早いの！」

ルリが手を翳すと青い盾が一つ一つ順番に現れ、虹が掛かるように空を並んだ。

「この上を走るの！」

「だ、大丈夫かなぁ、これ」

「大丈夫なの！」

ルリを信じていないわけじゃないけれど、この盾……シースルーなんだよね。

「下を見なければいけるかな……」

「ルシア、早く早く」

「分かった。分かった」

ルリが小さな手で私を押すので、泥ライダーに跨《また》がる。ルリは当たり前のようにハンドルと私の間にムギュッと入り出発を待つ。上下左右を確認する後ろ姿に抱き付きたいのを我慢して人差し指を上げ言う。

「出発！」

「出発なの！」

ゆっくり確実に進もう。魔力を込め、泥ライダーのペダルを漕《こ》ぎ後悔する。

力みすぎたかもしれない！

「ヒィィィィィ」

泥ライダーは急発進、まるでバイクに乗っているかのように猛スピードで前進して一気に空へと登る。

「なんでこんなにスピードが出るのー」

月明かり照らされて高速三輪車がパスコの町の上空を駆け抜けた。

◇◇

「止まって！　止まって！」

ルリの盾から地面へと無事に生還したのはいいのだけれど、その後もスピードは衰えずドリフトをさせながら泥ライダーをようやく停止させる。

「あー、ちぬかと思った」

魔力の調整、もっと練習しないと……。

ルリの盾を足場に高速三輪車ループしたおかげであっという間に目的地の山麓まで到着したからいいのだけれど……。

「髪がボサボサになっちゃった」

「とっても速かったの」

「それで、助けを呼んでいる人はどこにいるの？」

「もっと山の上なの」

山を見上げると、かなり暗い。まだ朝日が昇るまでたぶん数時間はある。ここからは木々もあるのでルリの盾は使用せずに地道に泥ライダーで登るとする。

上り始めると思っていたより山中が暗い。

「道が暗くて見えない……どうちよ」

「それなら任せてなの」

ルリが前方に顔を向けると照明が点《つ》いたかのように明るくなった。ルリの顔を覗けば、目が車のライトのように光っていた。ルリ、何それ……。

今は時間が惜しいのでルリの眼球光線のことは後で聞き出すとして、とにかく前に進もう。

「じゃあ、また飛ばすからしっかりと掴《つか》まっていてね」

泥ライダーで山を駆け上がる。

先ほどより魔力の配分を下げた分、ちゃんとコントロールができている。それにルリの眼球光線のおかげで前方はちゃんと見える。けれど、道は荒い。

「ルシア、もう少し進んだ場所なの。声が段々と小さくなっているの」

「うん。分かった。急ごう」

泥ライダーにもう少し魔力を込め傾斜を駆け上がると、ルリが急に泥ライダーから飛び降りた。

「ここなの！」

止まった場所は、木々が伐採され剥き出しになった地面が広がった場所だった。辺りを見るも人がいる気配はない。

「本当にここなの？」

「あそこなの！」

ルリが示す場所に走ったが誰もいない。足元を見れば新しく掘られたような盛り上がった土があった。

「この下なの」

「え？　この下なの？」

生き埋めにされているってこと？

盛り上がった土は泥っぽい、これなら操れるかもしれない。

地面に向け魔力を流し操る。ある程度の泥を除くと、中から腕が見えた。

「いた！」

急いで魔力を追加、精神的に焦っていたのか自分の想像以上の魔力を流してしまう。大きな泥の塊が宙に浮くと地面にぽっかりと穴が空いた。やりすぎたかもしれないけれど今はなんでもいい。

魔法を使い泥の塊を全て取り除くと、耳と尻尾の生えた子供が現れた。

獣人の子供は全身酷い怪我だ。胸に手を当ててみたが、何も動いていない。

「どうちよ。息ちてない」

焦りまくり、噛みまくる。

「ルリに任せて！」

ルリが前足を上げると青白い光が子供を包み、全身の怪我が治っていくのが見えた。

これがルリの癒やしの魔法か。こんなことは人間にはできない。ルリは本当に聖獣なんだ。

傷が癒えた獣人の子供の手を握る。

「お願い、目を覚まして」

そう祈りながら子供の手を強く握りしめると、手を握り返される。

それから子供は大きく咳をすると何度も瞬きをしながら口を開く。

「僕は……ここは……」

それだけを言い残すと、獣人の子供は意識を失った。

「え？　どちたの」

一人で焦っているとルリが落ち着いた声で言う。

「大丈夫なの。眠っているだけなの」

「なんだぁ。よかったぁ」

「ルシアのおかげで治りが速かったの」

「え？　私？」

私との契約のおかげでルリの癒やしの力もマシマシになっているらしい。女神様の加護のおかげでこの子を治せたってことか。

ありがたや、女神様の加護。心の中で女神様に祈る。

さて、問題はこの獣人の子をどうするかだけれど……この子はまずどうしてこんな場所に埋まっていたのだろう？　服も薄着でボロボロだ。

暗いから確かではないけれど、この子は犬の獣人のようだ。年は七、八歳くらいかな？　まだ全然子供だ。

とにかく、この子は領主邸に連れて帰ろう。まずは元気になってもらわないと事情も聞けない。

でもこの子、どうやって連れて帰ろうかな。

ストレッチャーを泥魔法で出す？　でもそんな大きなの運べないしなぁ。

三輪車で引っ張れるもの……そうだ、前世のサイクルトレーラーなら子供を乗せて走ることができる。

イメージしながら唱える。

「『泥ライダーウルトラ』」

その後、私の頭を駆使して作り出したはずの泥ライダーウルトラ……ウルトラと言っても三輪車の後ろにソリが付属しているだけだ。サイクルトレーラーはどうした。これでも、使えるからいいけれど……。

「一体何がウルトラなんだろう」

この勝手に詠唱が口から出てくる仕様、誰が名前を決めているのか気になる。もしかして、女神様？

そんなことを考えながら獣人の子をルリと持ち上げる。

「重ーい！」

獣人の子をソリに乗せようとして断念する。意識を失っている分、とてつもなく重たい。幼女と小動物じゃなんの力にもならない。

「あ……」

魔法を使えばいい話だ。

無駄に獣人の子を動かすのをやめて、地面の泥に魔力を流して泥と一緒に子供を浮かせ、そのままソリに乗せる。

初めから魔法を使えばよかった！

「じゃあ、お家に戻ろうか。ルリ、盾をお願いね」

「分かったの！」

帰りは安全に徐行運転で領主邸を目指す。行きはスピード狂のせいで気づかなかったけれど、この移動法は空を飛んでいるみたいで壮観だ。下を見なければね、下を……。

「見なければよかった」

下を見て即後悔する。前だけ見よう。

現在の時刻は分からないけれど、まだ朝日は昇っていない。

父への言い訳を考えながら星空の下、キコキコならぬねちゃねちゃと泥ライダーを漕いだ。

◇◇

無事領主邸の裏庭に到着すると安心して力が抜けたのか、急に眠気が身体を襲う。精神が三十代なので忘れがちだが、私の身体は三歳児だった。

獣人の子は息をしているもののいまだに目覚めない。

泥ライダーを戻して今の状況を父にどう説明するか迷っていると、暗い中、ドスの利いた声が裏庭に響き身体が強張る。

「誰だ！」

領主邸の扉が乱暴に開くと現れたのはたぶんジェイクだ。暗い中、剣を構えながら距離を詰めてくるシルエットが見える。いつもの優しいジェイクと雰囲気が全く違う。

この暗さとこの汚れ具合だ、遠目に見たら私だという認識はおろか、人間だとすら分からないかもしれない。

両手を振りながら小声でアピールする。

「ジェイク、私、ルシアです」

「ルシア嬢……？　こんな時間に――いや、その格好はどうしたのですか？」

「えーと、泥遊び？　をして……」

「こんな夜中に泥遊びですか……本当は何をしていたのですか？」

咄嗟に出た泥遊びという言葉は、ジェイクにすぐに嘘だとバレる。辺りは暗いのにジェイクの眉間の皺がくっきりと見える。どう考えてもバレバレの嘘だ。でも、ダメだ。眠たすぎてこれ以上は思考が回らない。

「ジェイク、この子を運ぶのを手伝ってちょ」

そう言いながらジェイクの腕の中に倒れ込んだのを最後に記憶は途絶えている。


次に目覚めた時にはベッドの中にいた。

泥だらけだった身体は綺麗に拭かれており、隣ではルリが丸まって眠っていた。

「ジェイクが運んできてくれたのかなぁ」

少しだけ明るくなり始めた部屋で天井を眺めていると、父の顔が目の前に現れ叫んでしまう。

「うぎゃ！」

「ルシア！」

父が泣きそうな顔で抱き付いてくる。これは、相当心配を掛けてしまったようだ。

「お父さま……」

「ルシアが泥まみれで外で倒れたと聞いた時は心臓が止まりそうだったよ」

父は心底安心したという表情で私の手を握る。

「……ごめんなさい」

頭を下げ父に謝る。人命救助だったとはいえ、軽率な行動には間違いなかった。

「一体何があったのだい？　あの獣人の子はどうしたのだ？」

「あの子、大丈夫なの？」

「まだ目を覚ましていないが、大丈夫だよ」

「そっかぁ、よかった」

「それで、ルシア、あの子は誰だい？」

どこまで事情を説明するのか少し悩んだけれど、心配させた負い目もあったので父に包み隠さず今日の出来事を話す。

父は百面相を披露した後に頭を抱える。

「空を移動……夜中に魔物もいる山を……生き埋め……癒やしの魔法……」

情報量が多く呆けていた父に目覚めたルリが元気よく挨拶をする。

「おはようなの！」

可愛いけれど、ルリ、空気を読もうね。父は今、停止中だから。

数十秒すると父が再起動した。

「ルシア、あの獣人の子を助けに行ったのはいいことだけれど、どうして私に何も言わずに向かったのだい？」

「行っちゃダメだって言われると思って……」

「確かにそうだね。ダメだと言っていたと思うよ」

「ルリが悪いの。ルリがルシアに助けてってお願いしたから」

ルリが前足をモジモジしながら言う。でも、ルリがいなかったら生き埋めになっていたあの子は死んでいたかもしれない。父に相談してゆっくり向かっていたら間に合わなかったかもしれない。

もう一度同じ状況になったとしても、きっと私は同じ選択をすると思う。でも、父に心配を掛けたのは事実だ。

「ルリは悪くないよ。私が悪いの」

「そうじゃないよ。二人とも悪くないよ。でもね、少しは父を頼ってほしかったね」

「「ごめんなさい」」

ルリと声を合わせて頭を下げると、父が優しく微笑む。

「二人が無事だったから大丈夫だよ。二人とも、もう少し眠ってからまた後で冒険話を聞かせてくれるかな」

父にそう言われると急にあくびが止まらなくなる。

私が起きる頃にはあの子も起きているといいなぁと思いながら寝落ちした。

次の日、ルリと部屋で魔法を練習していたら獣人の子が目覚めたと父が知らせてくれた。

保護した時は泥だらけではっきりと分からなかったが、獣人の子は少年で思った通り犬の獣人だそうだ。

「会いに行ってもいいのですか？」

「会うのはいいけれど、お喋りはできないよ。それでも会いにいくかい？」

目覚めた獣人の少年に父やジェイクが事情を尋ねたが、一言も発さず呆然《ぼうぜん》としているらしい。

父は少年が心労から一時的に言葉が話せなくなっているのでないかと言う。それはあんなところで一人生き埋めになっていたのだから、精神的に相当なストレスだったと思う。本当、あと少しでも遅れていたと思うとゾッとした。

少年と会話ができないとしても無事な姿くらいは確認したい。

「会いに行きたいです」

「ルリも行きたいの！」

「分かった。それなら二人とも私と一緒に来なさい」

父に連れられ、少年が休んでいる客室へと向かう。客室は、昨日メイソンが急いで掃除して使えるようにしたという。メイソンに後でお礼を言おう。

客室の前ではロンが部屋の見張りをしていた。父からは領民には獣人はいないので、少年の素性が分かるまでは念のために見張りを置いているのだそうだ。

客室に入ると、ベッドの上に座る少年が目に入った。

ベッドに起き上がれるくらいは元気になったようでよかった。

昨日は分からなかったけれど、少年の髪色は犬耳も含め黒い。だけど、右側に青いメッシュが入っているのがかっこいい。伸びた髪のせいで顔がよく見えないけれど、年齢は七歳前後ではないかと思う。

「こんにちは」

少年に声を掛けてみたが、まるで人形が座っているかのように壁の一点を見つめたまま動かない。

ルリがトテトテと歩き、ベッドの上に飛び乗ると少年が壁から視線を外しジッとルリを見つめた。

「……フワフワ」

少年は呟くようにそう言うとルリを軽く撫でた。

そう、ルリは泥まみれだったので再びバネッサに洗われた。今日は昨日以上にモコモコなのだ。

でも、それよりも少年は確かに「フワフワ」と言った。

「お父さま、喋りました」

「そうだね」

ルリが少年の膝の上で丸くなると、徐々に少年の瞳に涙が溜まり声を押し殺すように泣き始めた。

こんな子供が一人で生き埋めになっていたんだ、怖かっただろう。

「大丈夫だよ」

ベッドに上り少年の頭を撫でた。

少年はそれからしばらく泣き続けたが、そのうち泣きつかれたのか眠ってしまった。

父が少年にブランケットをかけながら言う。

「ルシア、今は休ませてあげよう」

「はい……」

少年の隣で丸くなっていたルリもそっと起き上がると、三人で退室した。客室の扉の外にはロンがいるので、何かあったら伝えてくれるはずだ。

客室を退室して静かになった私に父が心配そうに尋ねる。

「ルシア、大丈夫かい？」

「はい。びっくりしただけで……あの子、大丈夫かな？」

「そうだね。彼には元気になるまで少し時間が必要なだけだ」

「早く元気になるといいなぁ」


午後から父は書類と睨めっこ、私はルリと一緒に魔法の練習でもしようかなと考えていたけれど、バネッサの監視の視線から逃げられない。

ルリと忍び足で外に出ようとすれば――。

「ルシア様、どちらに行かれるのですか？」

「ちょっと裏の庭に……」

「ダメです」

「はい」

昨日からバネッサの視線がもの凄ーく痛い。

私の数々の前科、それから夜中に山へ無断外出したことを考えればバネッサの行動も理解できる。

でも、これだと魔法の練習が難しくなる！

家の中で泥魔法をぶっ放してもいいけれど、それはそれで怒られそう。

仕方ない……椅子に座り子供らしくお絵描きをする。

バネッサ、私変なことをしないよ、私いい子だよアピールだ。

紙に花の絵を描いていると、鉛筆の炭で手が汚れたので台所にある水の魔石を使って洗う。

そういえば、泥はほぼ土と水だけれど、泥が操れるのならその二つを分離して使用することはできるのだろうか……。

泥の水と土への分離かぁ。やり方として一番に思いつくのはろ過だけれど……できるかやってみようかな。

「『泥』」

水分多めの泥をコップに少量出してみる。大丈夫、実験が終わったらバネッサに見つかる前にちゃんと戻して綺麗にするから。

「ろ過ろ過ろ過ろ過」

なんだか呪いのようにろ過と唱えるが泥水には特に変化はない。

「何をしているの？」

泥水のコップに呪いを掛ける私の姿を見ながらルリが首を傾げる。

「私の泥魔法で水と土をどうにか分けようとしているのだけれど、上手くいかないの」

「分けるの？　土を固めるの？」

「ううん。ろ過っていう——固める！　それだ」

ろ過よりも泥の中の土だけを固めた方が時間を短縮できそうだしイメージもちゃんとできそう。

泥の中の土だけを固めるイメージで魔力を流す。

「あれ、魔力が足りない？」

いつも通りの魔力を流したけれど、魔力が途中で途切れ全てに循環しない。

もっともっとと魔力を流すと、いくつかの土の塊がコップの下に沈み始める。まだ水は濁っているけれど、ずいぶんと透明になった。

初めの一歩だね。

「ルリのおかげで実験成功だよ。ありがとう」

「ルリ、凄いの？」

「うん。凄い凄い」

嬉しそうにルリが尻尾をぴょこぴょこと動かす姿が百点満点だった。水と土の分離、これは極めれば飲み水を魔法で作り出すのも夢ではないかも。

◇◇

次の日、獣人の少年は自分で食事ができるまでに回復していた。

少年は泣きつかれた後に我に返って父やロンたちを警戒していたみたいだったけれど、同じ獣人のバネッサがいるおかげで安心したのか落ち着きを取り戻している。

食事を終えた少年に声を掛ける。

「おはよう」

「お、おはよう」

「私、ルシア、この子はルリっていうの。あなたのお名前は？」

「……ティルム」

「よろしくね。ティルム」

ティルムがルリを見ながら耳と尻尾をピンと立てる。バネッサと同様、ルリが聖獣であることを潜在的に感じているのかもしれない。

ルリが私を見上げながら手を握る。

『この子ともお喋りしたいの』

『うん。大丈夫だよ』

すると、すぐに嬉しそうにルリがティルムの元へと駆けた。

「ティルム、よろしくなの。でも、ルリがお喋りするのは秘密なの」

ルリが内緒話をするかのように耳打ちすると、ティルムは上下に首を振りながら返事をした。

ティルムが落ち着くまでの間、お世話はバネッサに一任された。そのおかげでバネッサの私への監視の目は少し緩やかになった。

午後から何をしようか悩んでいると、領主邸の呼び鈴が響いた。

二階から顔を覗かせメイソンが対応する客人を確認すれば、以前道端で出会った領民のカリンだった。

メイソンが訝しげに尋ねる。

「どちら様でしょうか？」

「カリンと言います。あの、領主様に相談があり……」

「相談とは？」

メイソンはカリンとは初見なので、警戒からか声のトーンが低い。

ここは私の出番だ。

「カリンさん！」

手を振りながらルリと階段を下りるとメイソンが尋ねる。

「お嬢様、お知り合いでしょうか？」

「はい。以前、お父さまと一緒に会った領民のカリンさんだよ」

メイソンがいつの間にか私の後ろにいたロンに視線を移し確認すると、ロンが頷く。

「それならば、旦那様にお話を通してきます。カリンさん、こちらにお座りになって少々お待ちください」

メイソンが父に客人の来訪を伝えに行く間、ロンとカリン、それからルリの三人と一匹になる。

カリンは以前よりも疲労感漂う表情で時折怯えながらロンを見ていた。ロンはいつもの顔だけれど、彼を知らない者からすれば十分怖いかも。

両手の人差し指を口の端に置き、それを吊り上げた笑顔をロンに見せると苦笑いをされた。もっと笑顔で対応しないと、領民に怖がられてしまう。

私の吊り上げ笑顔に釣られて笑顔を見せたカリンに尋ねる。

「今日、クリスさんはいないの？」

「え、ええ。ちょっと……ここに来るのを反対されて」

カリンが呟くように言う。なんやらトラブルの予感がする。

もっと詳しく聞こうと前のめりになると、メイソンが戻る。

「カリンさん、領主様がお会いになるそうです」

「は、はい」

父の執務室へと案内されるカリンの後ろを一緒にルリとついていく。

「旦那様、領民のカリンです」

メイソンが執務室を開けながらそう紹介すると、カリンはぎこちない笑顔を作った。

父が穏やかな声で対応する。

「ああ、どうぞ。お座りください」

「あ、ありがとうございます」

ぴょこっとカリンの後ろから顔を出すと父が笑う。

「ルシアとルリもやって来たのかい？」

「はい。大人しくしています！」

父が何かを言う前に先に宣言すると、同席を許してくれる。

「それで、本日はどのような用件で？　何か急な問題がありましたか？」

「はい……」

「そう緊張しないでください。大丈夫なので、何があったか教えてください」

父が優しい顔で微笑む。

カリンが両手を強く握りながら顔を上げる。

「神官が、いえ、神官様が献金の額を大幅に増額して……これじゃ冬が越せません」

「献金の額を……というと？」

「今までは銅貨五枚だったのが銀貨一枚に……。」

「それは問題ですね」

父が眉間に皺を寄せながら言う。

バネッサの給金が月、銀貨五枚だ。王都の平民メイドの給金としてそれは多い方だと言っていた。辺境の田舎の領民には銅貨五枚もだが、ましてや倍の額である銀貨一枚は大金だ。

それに父の領地の資料を盗み見した際、それなりの額が献金として中央神殿にサンゲル領から納められていた。その献金で各教会に予算が割り当てられているはずだ。

あの神官貪欲そうだったもんね。道理であんなギラギラした教会を建てることができたんだ。

父が口に手を当てながら悩む。

「神官か……」

領主と神官の関係性は少々微妙なのである。私が理解する限り、神官は中央神殿から派遣されている。その人選や教会の在り方については原則として領主は介入できない。

けれど、今回のケースは神官が「献金」と称して領民から強制的に金を巻き上げている。これは領地に関わることなので、父も口を出す権利があると思う。

ルリにはこの話は難しかったのか、私の隣で丸まり早々に眠ってしまった。

「みんなもう我慢の限界です。このままだと――」

カリンはその続きを口にしなかったけれど、このままでは領民一揆《いっき》でも起こりかねない。そんなことになったら父も私も困る。

「できれば話の場を設け、あなたたちと話し合いをしたい」

「それは……私、勝手にここに来たから。みんなに聞いてみないと」

「もしよかったら、領民をまとめている者と話がしたい」

「聞いてみます」

そう言ってカリンは領主邸を後にした。

窓からカリンが去るのを見ていたが、代官が怖いのか通常の町へと続く道でなく草むらの中へと消えていった。父への面会を代官やその使用人に見つかりたくないのだろう。

とんだ恐怖政治だね――。

その夜、カリンと中年の男女が領主邸を訪れた。時刻はすでに深夜近くだが、夕食時にカリンが再び領主邸を訪れ先触れをしてくれていたので父も話し合いの準備をすることができた。

私はすでに寝かしつけられた後だったけれど、今夜の訪問が気になって眠ることができなかった。

バネッサの目を盗んで領民との話し合いの席に自分をねじ込む予定だ。階段近くで訪問者が訪れるまでの間、待機する。

隣でウトウトするルリが私に寄りかかる。

「ルリ、大丈夫」

「大丈夫……なの」

ルリには部屋で寝ていても大丈夫だと伝えたが、どうしてもついてくると聞かなかった。

扉が三回叩かれる。カリンたちだ。

父が自ら扉を開け対応する。

「よく来てくれた。ささ、早く入ってくれ」

カリンが同行した中年の二人を紹介する。

「みんなのまとめ役のベッツィさんとアフルさんです」

ベッツィはくせ毛の栗色《くりいろ》の髪が印象的な低身長の女性で、アルフは痩せ型のスキンヘッドの男性だ。

「新しく領主になったエミリオ・グランデスだ。歓迎する」

笑顔の父とは反対にベッツィとアフルの表情は懐疑的だ。無理もないよね……領主代理の代官には相当な税を徴収、さらに神官にも銀貨一枚という今の領民たちには支払うことが厳しい金額を請求されているのだ。

二階から覗いているとベッツィと目が合う。

「あ……」

「領主様、どうやらお嬢様を起こしてしまったようですね」

「ルシア？　起きていたのか」

こっそり覗こうと思っていたのに見つかってしまった。

観念して二階から下り、ベッツィとアルフに淑女の挨拶をする。

「まぁまぁ、とてもかわいいお嬢様ですね。こんなに小さい子は久しぶり——」

ベッツィがそう言いかけて止まると、アルフが補足をする。

「我らはしばらく赤ん坊を見ていない」

領民は大金を支払わなければ結婚すらできなくなっただけでなく、単純に子供を育てるお金がないという。そのせいで町には五歳以下の子供は殆どいないとアルフが説明する。

「そうだったのか……」

事態は思っていたより深刻なのかもしれない。

大体あの代官もだけれど、神官も一体何を考えているのだろうか。子供が少ないということは、将来の税金が減るだけではなく祝福の儀の時の献金も……。

「ああ、だから急に献金の値を吊り上げたんだ、あの神官」

神官の顔を思い出しながらムカムカしていたら、全員が目を見開きながら私を見ていた。

「ルシア？」

父が困った表情で尋ねた。

あ……思っていたことをそのまま声に出してしまっていた。

「お父さま、あの神官は子供が減って贅沢に困ったので急に献金を要求したのです。やはりあの神官は悪い神官です」

胸を張りながらそう言うと、カリンたちが全員鳩が豆鉄砲を食らったような表情で私を見る。

「ルシアの言う通りだね。さすが私の娘だよ。立ち話もなんだ、私の執務室で話そう」

ルリと一緒に父に抱っこされ執務室へと向かう。

ルリはこの時点で完全に寝落ちしていたので、ソファで寝かせようとしたらメイソンに声を掛けられる。

「お嬢様これを。ルリ用のクッションです」

「ありがとう……」

渡されたのはモコモコのペットベッドだ。メイソンは一体どこからこれを調達したのだろうか。

メイソンを見上げると笑顔を返される。

「何かベッドに問題がありましたか？」

「ううん。大丈夫……」

その後、領民のまとめ役である二人との話し合いは遅くまで続いた。私は途中で睡魔に負け寝落ちしたけれど、聞く限り、早急に解決しないといけない問題が山積みだった。


目が覚めるとルリと一緒に執務室のソファで寝ていた。

ベッツィとアルフの姿はすでになく、父が暁を眺めながら大きなため息を吐いていた。

「お父さま……」

「起きたのかい？」

「はい」

「まだ日の出前だ。もう少し眠っていなさい」

よく見れば、すでに父は出かける服装に着替えていた。父はこれから領民と話し合いに向かうのだと察する。

「ルシアも一緒に行きます」

「今日は楽しいお出かけではないから――」

「ルシアも行きます！」

「ルリも！」

ルリからそう返事が聞こえたがルリはまだ眠ったままだっだ。

「寝言？」

「そうみたいだね」

父が笑い出す。ルリのおかげで少しだけ重たい空気が薄れたような気がした。


それから少しして起きたルリは、朝食のサツマイモを頬張りながらバネッサに急いで軽い服装に着替えさせられていた私の姿を眺める。

「ルリ様にはこちらを」

バネッサがルリに小さなリボンと鈴が付いた首飾りを着ける。出かける際、ルリは私たちと一緒だということを知らせるために父が提案したという。

ルリによく似合った可愛らしい首飾りだけれど、入手先が気になる。

「この首飾りはどうしたの？」

「これはメイソンが作ったものです」

「え？」

これ、メイソンの手作りなの？

その後、今までのルリ関連のグッズは全てメイソン作だという衝撃の事実を聞かされる。あの表情筋を滅多に動かさないメイソンが？

「他にも旦那様やルシア様の普段着の調整、それに小物も全てメイソンが繕っております」

「ええ！　そうだったの！」

新情報だ。メイソンはそんな特技があったの？　夜な夜なメイソンが繕い物をしている姿を想像してみたけれど、できなかった。後でメイソンにお礼をしないと。

支度が整うと、バネッサが外靴を履き始めた。

「バネッサも行くの？」

「はい。ルシア様の監……世話をする者が必要ですので」

今。監視って言いかけた……。

「ティルムはどうするの？」

「今日はメイソンとロンが残るので心配はございません」

まだ少し暗い中、父とルリと手を繋ぎながら徒歩で坂を下り町へと向かう。後ろからはバネッサとジェイクがついてきた。

今日は、ベッツィが指定した民家で話し合いが行われる予定だという。早朝なら代官の放った監視の目も酔いつぶれているか二日酔いだという。

早朝に出発したおかげで、別邸の住人はまだ誰も目覚めていないようだった。

昨日からほぼ睡眠が取れていない父を見上げ、心配になって小さなため息を吐くと、ルリが頭の中で声を掛けてくる。

『ルシア、どうしたの？』

『昨日から寝ていないお父さまが心配で』

『それならルリに任せるの』

ルリが小声で癒やしの魔法を唱えると父が足を止め、首を傾げる。

「おや？　なんだか身体が軽くなったような気がする」

「顔色もよくなりました！」

ルリにウインクする。

『さすが、さすが、ルリ！』

『ルリ、さすがなの』

ルリが胸を張るとひげがピクピクと揺れる。

可愛いなぁ。

足取り軽くベッツィたちの待つ民家に到着すると、地下の部屋へと案内される。驚くことにそこにはすでに二十人ほどの領民が待っていた。

疑いと期待の目、そんな表情が入り交じる中、私も来たことに困惑する者もいた。

奥にいたベッツィが頭を下げる。

「領主様、ここまでご足労をいただきありがとうございます。領主邸はその、人の目がありますので。ルシア様もお越しいただきありがとうございます」

あれ、ベッツィがなんだか前よりも丁寧語だ。

「領と領民の今後に関してなので、私も話し合いには参加しまちゅ」

大切なところで噛んでしまうと、ほっこりとした笑いで部屋が包まれる。和んだならよかったけれど、恥ずかしい。

領民たちとの話し合いが始まると、やはりというか殆どの問題が代官と神官関連だった。中には代官に人頭税が払えないのなら娘を差し出せと言われた領民もおり、そこへ今回神官の献金の増額の話だ。家族を差し出さないといけないかもと怯える者が多かった。

領民は代官へ直接訴えたり、王宮へ嘆願書を書いたりしたこともあったという。けれど、その全てが代官に握り潰され、代わりに酷い罰を受けたという。

「食べるものがなく、今は町の外で見つからないように動物を狩ったり食べられる草をスープにしたりして日々を凌《しの》いでいます。ですが、今年の冬は……」

町にいた商人や商いをする者は、早々に町を離れたり農家に転身したりしたという。

「そのせいで町が廃れ税収が徴収できなくなったのか、今度は山を削らされた」

伐採のことか。

聞けば、町の男たちも一時期伐採を手伝わされていたが、苦情を申し出ると山へ入ること自体禁止されたという。それはティルムが連れてこられた時期と同じくらいだったので、奴隷を引き入れたことを町の人に知られるのは代官もさすがに危険だと思ったのだろう。

領民から聞く代官たちが行ったことは、あまりにも横暴すぎて父も私もしばらく言葉が出なかった。

父から盗み見ていた資料を見る限りでは、全く見えない事実だった。明らかに嘘で固められた報告書……あの代官は資料作りにだけは長《た》けているようだ。

父が少し悩んだ後に口を開く。

「事態は把握した。早急に動きたいが、時間が少し掛かる。冬前までには全員の食卓を潤すと約束する。済まないが、もう少し時間が欲しい」

領民たちの不満は爆発しそうだったが、自分たちの意見を真摯に受け止めた父に期待をしてもう少しだけ行動を起こさずに待つと返事を貰う。

だが、領民の中には暗く諦めた表情をしている者もいた。

——何か領民に希望を与えられれば……そうだ！

領民の困り事の中の一つには、土地が固く十分な栄養がないため作物が上手く育たないというものもあった。

手を上げ言う。

「泥だったら出せます」

「泥……ですか？」

「はい。見ていてください。『泥』」

私が出した泥の塊の量に驚いた領民も多かったけれど、話はここからだ。魔力が行き通った泥の水分を抜いていく。ある程度コツを掴めば水を抜くことだったら上手くできる。抜いた水を飲み水にできるかはまた別の話だけれど……。

前世にはたくさんの土づくりの方法があったけれど、これは私にとっては未知の、魔力を巡らした土だ。これが、どこまで農業に通じるかは分からない。けれど、母が魔法で作った王都の家の庭の花は、他の花に比べ強く大きく育っていた。作物の栽培も魔力を応用できれば、大きく強く育つと考えた。

泥から水をある程度抜くと、私の魔力たっぷりの土が残る。

領民の一人が土を触りながら匂いを嗅ぐ。

「こ、これはふかふかの土だ」

「これならたくさんできますので、畑の一角で作物がきちんと育つか試してみてくだしゃい」

得意顔で言いながら噛むが、領民はふかふかの土に気を取られていたので気付かれずに済む。

父が私の魔法で作った土を触りながら感心する。

「ルシア、いつの間にこんな魔法を」

「ルシア様、お身体はなんともないですか？」

バネッサが私の額を触りながら熱がないか確かめる。

「バネッサ、なんともないよ。平気だよ。心配しすぎだよ」

　バネッサに安心するように言うが、表情は難い。

「お嬢様、大人はみんな子供を心配するものなんですよ」

　ベッツィが同意を求めながら笑うとバネッサが頷く。

「本当にそうです」

　その後、ベッツィがバネッサに領主邸で食べるようにと食料を分けてくれる。土のお礼だというけれど、自分たちだって苦しいはずなのに……。

「ありがとうございます」

「子供はたくさん食べないとね」

　今は食材をありがたく受け取る以外何もできないけれど、領地を豊かにして領民をもっと守りたいと心に火が点いた。

　領主邸へ帰る道、違和感に気付く。

　そういえば、領民は誰もバネッサが獣人だということを気にしていなかったよね？

　領民からバネッサへの視線は感じたけれど、それは決して差別的なものではなく珍しいから見ているだけだった。ベッツィなんかは普通にバネッサに声を掛けていた。

　バネッサに尋ねれば、王都でも特に獣人だからと差別されたことはなかったという。それでもストリートチルドレン時代に差別は受けていたので、代官の使用人に罵倒されてもなんとも思わなかったそうだ。この国の獣人差別は特に酷くないということだ。バネッサは、最後には民家にいた十歳前後の子供たちに尻尾を触らせていた。

みんな獣人のことは気にしていない。

でも、そうなると……あの代官の使用人たちは一体なぜあそこまで獣人のバネッサを差別しているのだろうか？

ルシア、夕食会に招待される

ティルムは数日すると、保護した当初とは打って変わって元気になった。身体に傷や後遺症が残っていない分、精神的な回復も思っていたより速いのかもしれない。

ティルムがまだ子供だから回復が速いのか、生き埋め状態をあまり覚えていないのか……どちらにしても元気になっているのは嬉しいことだ。

父は生き埋めになった経緯をティルムから聞き出したいようだが、もう少し元気になるまで待っているようだ。

そんなこんなでティルムという遊び相手ができた私とルリは、今日は朝からティルムのいる客室に入り浸っている。

最初は泥魔法で作ったボードゲームで遊んでいたけれど、ルリが毎回負けていじけそうなので別のゲームで遊ぶことにする。

魔法で泥のボールを数個作る。

「今度はこれを使って遊ぼう」

「これで何をするの?」

ティルムとルリが同時に首を傾げながら尋ねる。

「これを一人が隠して、それをもう二人が見つけるゲームだよ」

「ルリ、それなら絶対得意なの！」

ボードゲームで負けまくって不機嫌になっていたルリの表情が明るくなる。宣言通り、ルリは私たちが領主邸に隠したボールを次々と見つけ、嬉しそうに床に尻尾を叩きつけクルクルと回りながら一人勝ちを堪能していた。

次のゲームを考えようとしたら、領主邸に大きなノック音が響き渡った。

ベルがあるのに、凄く乱暴なノックだ。

今日、父は良好な関係を築けそうな領民との話し合いにジェイク、それからメイソンを連れて出かけている。

一旦遊ぶのをやめて、三人でを二階の階段からエントランスを覗くと、太々《ふてぶて》しい態度を取る代官の使用人にバネッサとロンが対応していた。

「代官様からの子爵へ伝言がある」

「旦那様はただいま留守にしております」

「おい、何を獣人のお前如《ごと》きが返事をしている」

またバネッサへの暴言、聞き捨てならない。

下りて文句でも言いに行こうとしたら、バネッサが気丈な態度で代官の使用人の前に立つ。

「伝言がございましたら旦那様にお伝えいたします」

目元を引きつらせ舌打ちをした代官の使用人は、バネッサを無視してロンの前に立つ。

「おい、護衛。お前が対応しろ。獣人なんて信用が置けないからな。言葉が少し話せるただの獣に用はない」

あいつ……。

男をよく見れば、この前もバネッサに難癖をつけていた代官の使用人の一人だ。あの時は泥雨を降らせてやったけれど、今回はどうしてやろうかな。

沸々と怒りの感情を抱きながら代官の使用人にばかり気を取られていると、ルリにスカートの裾を引っ張られた。

「ルシア、ティルムがおかしいの」

「え？」

ティルムを見れば、身体を震わせながら階段の隅にしゃがみ込んでいた。

「ティルム、どうしたの？」

ティルムは徐々に元気になっていたと思ったのに、どうしてこんな急に……。

「……あいつが」

あいつ？　ティルムが直視しないように顔を背けた先にいるのは代官の使用人だ。

「代官の使用人のこと？」

「あいつが僕たちを無理やり連れてきて働かせていたんだ。あいつが僕を穴に蹴り落としたんだ」

「え……ちょうなの！」

驚きでまた舌足らずが出る。

ティルムは連日の強制労働による疲労で体調を崩しフラフラしていたところ、あの代官の使用人に役立たずだと穴に蹴り落とされ生き埋めにされたという。

代官の使用人がティルムたちを奴隷にしていたのなら、主犯は代官？

気に入らない奴だけれど、この国に奴隷制がない今、奴隷を国内で扱うのは重罪だ。その奴隷を使って山が禿《は》げるまで伐採、しかもどうやらその事実も利益も国に報告していない。

代官は何を考えているの？

これは、下手したら国への裏切りになると思う……その辺りは詳しく分からないけれど、絶対に許される行いではないと思う。

ティルムが膝を抱えて小さくなりさらに怯えてしまったので、とりあえず代官の使用人に見つからないように客室へと連れて帰る。

「ルリ、ティルムについていてあげて」

「あの人間、ルリがやっつけるの！」

「今は何もしないよ。まだね」

「分かったなの！」

ルリは怯えてシーツの中に隠れてしまったティルムの傍に潜り、横になる。

こんな状況だけれど、シーツからはみ出したルリの尻尾が愛おしかった。ここからはルリに任せよう。

エントランスへ戻ると、代官の使用人が何度も伝言を繰り返しているところだった。

声が大きいなぁ。あんな大声、町まで聞こえるよ。

バネッサとロンはゲンナリとしているので、私がティルムを客室に送っている間、ずっとネチネチと何かを言われていたのだろう。

「二日後、代官様の自宅で夕食会だ。子爵、ああ、それから子爵令嬢も来るように伝えろ」

え？　私？

お誘いされたくない。普通の貴族にとって三歳児の幼女なんて社交の邪魔なだけだと思うけれど。それに、代官は私のことを気にしている素振《そぶ》りなんか出会ってから一度もなかったと思う。

怪しい……。

バネッサが眉間に皺を寄せ尋ねる。

「ルシア様もですか？」

「そうだ。祝福の儀のお祝いだそうだ。令嬢が女神様から授かった魔法だ。それを祝わない貴族などいないであろう。代官様もぜひお披露目をしてほしいとのことだ、令嬢の魔法を」

代官の使用人が笑いを堪えながら言う。なんでそんなに楽しそうなのかよく分からないけれど、魔法を見せてほしいのなら思いっきり家を汚し——披露するのはやぶさかではない。

代官主催の夕食会、あの人が父の命を狙っていることを考えたら危険な予感しかしない。何も仕掛けてこなくても食事は喉を通らない気がする。

バネッサが代官の使用人が言いたいことを最後まで辛抱強く聞き、返事をする。

「旦那様に一度確認してから、折り返しお返事を——」

「伝えたからな、来なかったらお前が伝えていないということだ、獣」

そう言ってバネッサたちの返事も聞かずに代官の使用人は領主邸を去った。

「人の話も聞けないのか、代官の使用人は」

ロンが呆《あき》れた表情で扉を閉める。

二階の窓から見える代官の使用人の後ろ姿に泥だんごを投げつけたい気持ちを抑え、エントランスまで下りて二人に声を掛ける。

「バネッサ、私も夕食会に呼ばれちゃったの？」

「はい。でもルシア様はあんな所に行かなくても大丈夫です」

辛辣だ。私も同じ気持ちだ。だけれど、父を一人で行かせるわけにはいかない。

「夕食会、楽しみ！」

わざと楽しそうにそう言うと、バネッサの眉が下がる。相当行かせたくないようだけれど、私が喜んでいる手前苦笑いしながら言う。

「旦那様にお聞きしましょう」


その後、ティルムは落ち着きを取り戻してベッドから出てきたので話を聞く。

ティルムはあの代官の使用人に隣国から奴隷として連れてこられたそうで、他にも同じような境遇の亜人や人が山の伐採で強制労働を強いられているという。

「ティルム、今の話をお父さまにもできる？」

「う、うん」

「お父さまはきっと他の人たちも助けてくれるから」

父は普段ポヤポヤしているけれど、やるときはやる。きっとティルムの奴隷の話を聞いたらちゃんと動いてくれるはずだ。

夕方、父が帰宅すると手には野菜や肉を持っていた。

「ルシア、ただいま」

「お父さま、おかえりなさい。お野菜がたくさん」

「ああ、領民に譲ってもらったのだよ。ありがたくいただこうね」

「はい」

領民も重い税で苦しんでいるのに、困っている私たちに野菜などを譲ってくれるのは本当に嬉しい。

父はすでに領民の税についての引き下げを宣言したのでそれも影響しているのだろうけれど、領民との関係は少しずつ改善しているのだと思う。

でも、やっぱり大元の問題である代官がいる限り、根本的な問題解決にはならない。できるだけ早く父に全てを引き継ぎしてもらいたいけれど、代官はのらりくらりと躱しているらしい。父を葬る予定なのだから、引き継ぎ自体をする気は初めからないのだと思う。

バネッサが父に代官から夕食会への招待があったことを伝える。

「夕食会か……そんなものではなく、引き継ぎの話し合いに応じてもらいたいのだけれどね」

父がため息を漏らしながら言うと、バネッサが報告を続ける。

「それで、ルシア様も参加されるようにと……」

「ルシアを？　ルシアはまだ子供だが……」

「祝福の儀のお祝いだそうです」

「……そうか。伝言、確かに受け取った」

バネッサが、顔を顰めながら尋ねる。

「あの、ルシア様を連れていかれるのですか？」

「できれば連れていきたくはないいね」

「そうですよね」

バネッサが安心した表情で相槌《あいづち》を打った。

ジェイクとロンが今日の互いの報告を始めると、メイソンは父のお茶の準備にキッチンに向かう。この隙に執務室に一人で向かった父の後をルリと追い、扉を閉める。

「お父さま、大事なお話があります」

「ルシア、どうしたのだ？」

「ティルムが自分を穴に埋めた人を教えてくれました。代官の使用人です」

「まさか！　それは、本当なのかい？」

「ティルム、震えていたから本当だと思うの！」

ルリが答える。

「分かった。今から彼の話を聞きに行こう」

「「うん」」

ルリと声を合わせ、返事をする。

執務室を出るとジェイクが定位置になり始めた執務室の扉の外にいた。

「子爵、どちらへ？」

「ティルムが自分に起きたことを話せるようになったらしいが、どうやら代官が絡んでいるようだ」

「それなら私も同行してよろしいでしょうか？」

ジェイクの申し出に父は一瞬迷ったように見えたが承諾、ルリも含め三人と一匹でティルムの部屋へと向かう。

「ティルム、何があったか教えてくれるかい？」

「はい」

昼間とは違い、ティルムが力強く答えた。

ティルムの証言により、代官の使用人が隣国より強制的に連れてきた亜人を奴隷として使い山の木々を伐採している事実が判明した。

父が真面目な顔で尋ねる。

「亜人たちはどれくらいいるのだい？」

「僕たち獣人が十五人で、ドワーフが三人、あと人族の家族がいたよ」

「ドワーフ……」

父が息を呑《の》みながら言うとジェイクと何やら神妙な面持ちで互いに視線を交わした。

ドワーフと言えば、鍛冶が得意で大酒のみという前世のイメージがあるけれど、今世ではまだ実物に会ったことはない。

父を見上げ尋ねる。

「ドワーフは何か悪い人たちなの？」

「そうじゃないよ。でも、ドワーフの国と私たちの国は不可侵条約——お互いに仲よくしようねっていう取り決めがあってね。その中には相手の国民を奴隷にしてはダメだという約束をしているのだよ」

父曰く、ドワーフの国、ヴォルクスと私たちの国、アルトワードは不可侵条約を第一王子の功績で締結しているらしい。条約には、互いの国民を奴隷としないという項目があるらしい。私たちの国ではすでに奴隷制は廃止していたので、当然その項目は問題なく締結されていた。

国同士の条約だ。破れば大きな影響が出る。あの代官は一体何を考えているのだろう……。本来なら今すぐ証拠を集めて代官を捕縛するべきなのだけれど、父にはそれを同時に行う人員が足りない。

代官には使用人だけでも五、六人、それに加えて町中にいる、領民を見張っているという代官の手下を合わせると、下手したら二十人くらいいるかもしれない。対してこちらは戦える大人が四人、バネッサ、幼女、それからルリと少人数だ。

私とルリの魔法もカウントしたら勝てるような気はするけれど、父はそんな判断を下さないと思う。援軍が必要だ。

ジェイクが父に耳打ちするのが聞こえた。

「子爵、これは逆賊行為、王家への裏切りです。あの方にご連絡を」

「ああ、分かっている」

あの方とはたぶん第一王子のことだろう。国同士を巻き込む大事になった分、王家の介入は免れない。私兵のいない父にとっては助け舟だと思う。

急に緊張の走った部屋で不安そうに大人たちの様子を見つめていたティルムに大丈夫だと伝える。

「僕、何か悪いこと言ったのかと思って」

「違うよ。他の国の人を勝手に無理やり働かせていた代官が悪いんだよ」

「僕たちは違う国だけれど……人族の親子はこの国の人たちだよ。ここの町の人だって言っていたよ」

ティルムの言葉に父が前のめりになり尋ねる。

「その人たちは名前を名乗っていたかい？」

「えーと、たぶんモーリスって言っていたよ」

「そうか、やはり追放された領民だったか……」

父が言うには、モーリスという領民は去年伐採に苦言を呈した際に代官から見せしめのために家族もろともこの町から追放されていたらしい。

それなのに追放では飽き足らず、強制的に働かせるなんて酷すぎる。

父は領民との話し合いの際、モーリスの処遇への撤回を嘆願されていたらしい。

「領民まで奴隷に貶《お》とすなど到底許せない」

父が沸々湧き上がる怒りを抑えているのが分かった。

ティルムの部屋を退室すると、父とジェイクが早足に執務室へと向かったので後を追う。執務室に入ると、父はすぐに通信の魔道具を起動させた。

たぶんだけれど、父もジェイクも私がこの部屋についてきたのに気付いていない。それだけ内心焦っているのかもしれない。その証拠にふと振り向いた父と目が合うと驚いたように目を見開いた。

「ルシ――」

「エミリオか。こんな夜更けに何があった？」

父が私に気付いた時はすでに遅く、通信の魔道具から透き通るような声の持ち主が返答するのが聞こえた。

父は私を見ながらもそのままその声の主と会話を続けた。

「殿下、このように急なご連絡、誠に申し訳ございません。至急、お耳に入れたい事項がございまして」

殿下というなら第一王子だろうけれど、父、そんな偉い人と直接通信していたの？

てっきりジェイクを通して連絡していたと思っていたけれど、父の持つ金で飾られた豪華な通信の魔道具を凝視する。

私に気付いたジェイクが私を捕まえようとしたのでその手を避けながら走り、ソファをグルグルと回る。この会話は聞いておかないと、私たちに関わることだ。

「ルシア嬢！」

ジェイクが声を押し殺しながら叫ぶのを無視して逃げ続ける。

「なんだ？　騒がしいな。今の声はジェイクか？」

「申し訳ございません。娘が部屋に入っていたことを失念しており……ジェイク殿が捕まえようとしております」

「はっ。逃げられているのか？　ジェイク、騎士団のお前が幼女一人に逃げられるとは、お前のそんな醜態、この目で見られないのは残念だ」

「で、殿下お戯れを……」

ジェイクが引きつりながら笑う。

「エミリオの娘よ。返事しろ」

「はい！」

背筋を伸ばしながら手を上げ、大声で返事をしてしまう。第一王子の声はなぜか独特の威圧感がある。

「よい返事だな。さて、今は大人の時間だ。大人しくジェイクに捕まれ」

「お、お言葉ですが、これは私にも関わるでちゅ」

ああ、大切なところで噛んでしまう。

父は私が第一王子に口答えしたことにオロオロとしている。父、ごめん。でも、私だってこの領地を守りたいと思っているから計画があるならちゃんと知りたい。女神様のマシマシ魔法だってある。

　今使わないでいつ使う！

　それに女神様が言う、災害。それはどこで何が発端で起こるか分からない。集められる情報は全て把握しておきたい！

「ほぉ。エミリオ、そなたの娘は怖いもの知らずであるな」

「ご無礼をお許しください。まだ、娘は子供なもので」

「いや、祝福の儀を行ったばかりの子供でありながら、物怖《ものお》じしないその態度は存外貴族としての心得が目覚めているのかもしれないな。うむ、その勇気を称《たた》え、この場にいることを許そう」

「あ、ありがとうございましゅ」

　噛みまくると第一王子が上品な声で笑う。


　その後、父は第一王子に今日のティルムの証言を伝えた。

「ドワーフとは……確証はあるのか？」

「先ほどその話を聞き出したばかりですのでまだ……しかし、少年が嘘を吐いているようには思えませんでした」

「事実であれば、厄介なことになるな」

第一王子が艶めかしいため息を吐く。

「はい。実際、伐採も広範囲に行われておりますが、領民はここ一年ほど入山を禁止されておりました。少年のように伐採を強制されている奴隷の存在が濃厚かと思われます」

「そうか。私の優秀な部下と騎士団の一部を直ちに向かわせるが、早くとも一週間は掛かる。ジェイク、それまで勘づかれずに証拠を集め子爵を守れ」

「はっ。お任せください」

第一王子との通信が終わると父が安堵《あんど》のため息を吐き、私に視線を移す。

「ルシア、ヒヤヒヤしたよ。いつもは聞き分けがいいのにどうしたのだい？」

「ルシアも領地を守りたいのです」

「そうか……うん、そうだね」

それから父とジェイクは長い間、第一王子の援軍が到着するまでにどう代官たちに悟られずに証拠を集めるかを相談していた。

二人の話し合いが終わる頃には、私とルリはいつの間にか眠ってしまっていた。

◇◇

代官との夕食会当日の昼前、ジェイクが山中の奴隷捜索から戻ってきたが結果は芳しくなかったようで首を横に振る。

ティルムの証言を頼りに、広い山の中で一晩中奴隷たちを捜索していたらしく、ジェイクの目の下にはうっすらと隈《くま》ができていた。

領民と一緒に山の捜索ができれば、見つかる可能性も高いだろうが……そんなことをしたら代官に悟られ、下手したら私たちを始末しにかかるかもしれない。

ジェイクが父に地図を見せながら言う。

「目星を付けた場所にはいませんでした」

「あの広い山中だ、短期間で見つかることの方が奇跡だ。一晩中の捜索を感謝する」

父がジェイクを労《ねぎら》う。

「ロンに例の使用人を見張らせましたが、そちらも動きはなかったようです」

「そうか。仕方ない」

父が夕食会の支度をするというので、執務室を退室して隣にいるルリに尋ねる。

「ルリなら他の獣人たちがどこにいるか分かる？」

「うーん。たくさん声がするから分からないの」

ルリには動物や魔物たちの声がいっぺんに聞こえるらしく、ティルムの断末魔のような必死な叫び声でない限り、それぞれの位置までは正確には分からないそうだ。

「ルシアのたくさん魔力を使った魔法ならなんでも分かる気がするの」

「私の魔法?」

泥魔法でどうやって?

「魔法をちりばめて動く人たちを探すの」

「魔法をちりばめて?」

そういえば、確かに地面に潜らせた芋虫だんごの位置は把握することができていた。同じような感覚で操っている泥魔法に人の感覚が伝われば、その位置を把握することは可能かもしれない……。

ただ、山は広大だ。そんな広範囲の検索、マシマシ魔力があるとしても大丈夫かなぁ。

やってみるしかない。

みんなの目を盗み、ルリと一緒に裏庭へと出る。

今日はちょうど朝から雨が降っており地面の泥は十分にある。屈みながら地面に触る。

「山まで届くかなぁ」

地面の泥に集中、魔力を流すと泥に込めた魔力が目の前にある木の根を通り過ぎるのを感じた。不思議とその位置は頭の中ではっきりと分かった。

同じ感覚で山に向かって一気に魔力を放出、すると泥を通じて手元から鼓動が伝わり五感が全て刺激される。

ルリが私の周りに血管のように盛り上がった泥を見ながら叫ぶ。

「ルシア！」

「大丈夫だから……」

身体に問題ない。ただ、精神的には相当きつい。集中していないと伸びた魔力が途切れてしまいそうだ。

泥を通じて真っ直ぐに山の麓まで魔力を巡らせると、山を囲むように、魔力が地面と螺旋《らせん》状《じょう》に這《は》って登っていく。

「いた」

山の中に十数人、移動している人を捉える。

地面から手を外すと、魔力と緊張の糸が同時に途切れ腰を抜かして座り込んでしまう。

ああ、また泥だらけになってしまった、バネッサに見つかる前に綺麗にしよう……。

座り込んだままの私の周りをルリが心配そうに回り、癒やしの魔法を掛ける。

「ルシア、大丈夫？」

「うん、ありがとう。大変だったけれど、獣人たちの居場所を見つけたよ！」

急いで父の部屋へと走り扉を乱暴に開けた。

「お父さま！」

「ル、ルシア。ノックは？　まだ着替え中だよ。それにどうしてまた泥だらけなんだい？」

パンツ一枚姿の父を無視して隣にいるジェイクに向かって両手を出す。

「ジェイク、山の地図を貸して。獣人たちの位置が分かったの」

「は？　どうやって――」

「早くちて！　移動しているから時間がないの」

今は説明よりも早く奴隷の保護だ。ジェイクから半ば強引に奪い取った地図に、握りしめた鉛筆で先ほど感知した獣人たちの位置をグルグルと丸で囲んだ。

「ここなの。ここにいるの。でも、こっちに向かって移動しているのです」

「ルシア、ちゃんと説明しないと分からないよ」

宥《なだ》めるように父が言う。

「泥魔法で地面に魔力を流して山の中にいる獣人たちの居場所を探しました」

「そんなことが――いや、ルシアなら可能なのかもしれない」

父は女神様の加護のことを知っているので、頷きながらそう理解したがジェイクはその事実を知らないので懐疑的な表情をしている。

「子爵、どういう意味でしょうか？」

「ジェイク殿、今は全てを説明できない。が、娘の記した場所に奴隷たちはいる。私がそう保証しよう」

父がいつもより真剣な表情でジェイクに向かって言う姿は本当に頼もしい……でも、そのパンイチの姿で言われてもかっこよさが半減する。

パンイチの父からキリッとした表情で娘が落書きしたとしか思えない地図を渡されたジェイクはただただ困惑していた。

「ルシア嬢は確かに聡明ですが、今は子供の思い付きを聞いている場合では――」

「これを見て。『泥人形《ゴーレム》』」

等身大のジェイクとそっくりな泥人形を完成させる。

驚いているジェイクの横に二体、三体と次々にジェイク型泥人形を作り互いにダンスをさせる。

「こ、これは……」

「私、少しだけ魔力値が高いのです。なので、獣人たちの位置も魔法で探したのです」

ジェイクを納得させるには実際に魔法を見せるしかなかったけれど、父はやや渋い顔をしている。父との約束を破ってしまったが、今は早く獣人たちを助けることが先決だと思う、ごめん、父。

ジェイク泥人形を見てもあまり驚いていない父に、ジェイクが尋ねる。

「子爵は知っていたのですか?」

「ここまで成長していたのは今知ったが……ルシア、魔法を練習していたのだね」

「はい……」

「凄いな」

そう言って私を撫でる父は嬉しそうに笑っていた。

その後、ジェイクは私の目印を頼りに獣人たちの捜索に向かったが、表情は最後まで半信半疑だった。


夕食会の時間が迫る。父は最後まで私を連れていくか迷っていたが、最後には私が夕食会に参加することを許可した。

一応、私も招待されている手前、断れば変に警戒していることを代官に知られる恐れがある。それに加え、私が頑なに行くと言い張ったので最後に父が折れる形で許しが出たのであった。

代官が一体何を企んでこの夕食会を開くことにしたのか分からないけれど、何か仕掛けられた時のために泥魔法を即座に出すイメージトレーニングをしながら夕食会の準備をする。水と土、完璧ではないけれど大体分離することもできるようになった。これが何に使えるかは分からないけれど、何かに没頭して気を紛らわせたかった。

「ルリも行くの！」

「ルリ、今夜はお留守番だよ」

ルリも連れていきたいけれど、何をされるか分からない。それに、一応貴族同士の夕食会なので粗相があれば父が恥をかく。ルリはいい子だし、そんなことは絶対にないだろうけれど、あの代官だったら些細《ささい》なことでも難癖を付けてきそうだ。ルリ、ごめん、今夜は留守番だ。

「でも……」

ルリが上目遣いで前足をモジモジし始めたのに悶絶しそうになるのを我慢する。

「私たちがいない間、ティルムを守る仕事をルリに任せたいの」

「守る仕事？」

「うん。護衛だよ」

「護衛はロンがいるの」

「もっと身近な、そう特別なヒーロー護衛だよ」

「ヒーロー護衛……カッコいいの！」

なんだかルリはヒーロー護衛という言葉の響きを気に入ったようで、何度も胸を張り宣言する。

「ルリ、ヒーロー護衛なの！」


バネッサに手伝ってもらい着替えの準備をする。王都で着ていたワンピースを久しぶりに着る。このドレス、幼女用なのにコルセットがついているパステルブルー色のドレスで見た目は可愛いけれど、そのせいで動きにくい。特にこの下に穿《は》く白タイツがちょっと気持ち悪い肌触りだ。

「やっぱりこのタイツも穿かないとダメ?」

「お腹が冷えますし、靴もタイツの方が穿きやすいと思います」

「そうだけれど……」

子供の身体って結構敏感なんだよね。なんだか足元がチクチクして少し口を尖らせる。

「ルシア様、準備が終わりました」

「ありがとう、バネッサ」

「本日、私はルリ様と領主邸に残りますが、メイソンが付き添います。何かありましたらちゃんと声を掛けてください」

「はーい」

バネッサは今回、獣人ということで代官の使用人とのいざこざが起きたら迷惑をかけるということで、自ら辞退した。

私はそんなこと気にする必要はないと言ったけれど、父がそのことで代官に何か言われることをバネッサは懸念しているようだった。

領民も確かにバネッサを珍しそうに見ていたけれど、差別とはまた違う視線だった。本当にただ珍しいから見ていただけだ。

その証拠にあの民家の子供たちはバネッサの尻尾に触ろうと集まっていたし、それを誰かが悪意を持って止めようとすることも特に見受けなかった。王都には獣人を含む亜人の人口はそれなりにあるので、特に珍しくない。田舎の方だとまだまだ珍しいだけだろう。

エントランスに向かうと、父が辺境に来てから一番シャキッとした正装で現れる。襟は喉仏までピッタリと閉じ、タイが締められている。なんとなく父は苦しそうだ。

「ルシア、そのドレス、よく似合っているね」

「……いつもの格好の方が好き」

「実はね。私もだよ」

父が小声で耳打ちをする。やっぱり父も堅苦しい格好は苦手のようだ。

領主邸を出る直前、護衛にロンが付く。

「ロン殿、何かあれば娘を先に守ってくれ」

「子爵の気持ちは分かったが、俺は両方を守るように命じられている」

「大丈夫、今日は私がお父さまを守ります！」

決意固く拳を上げロンを見上げれば、苦笑いをされた。私は真剣なのに！

「ルシア、行こうか」

「はい」

代官の別邸まで距離はないが、汚れてしまうので馬車で向かう。

別邸のドアをノックすると代官の使用人の女が出てきたが、なんだか嫌な薄笑いを浮かべている。

「どうぞこちらへ。ジョセフ様がお待ちです。お急ぎください」

「失礼する」

案内する代官の使用人の後ろを歩きながら睨む。さも、私たちが遅刻したとでも言いたいその態度は腹が立つ。私たちはちゃんと指定された時間に来たのに！

父は特に言い返さないけれど……この使用人、父への態度がとても悪い。父は一応ここの領主だ。なのに、この使用人はずっと代官が領主だとでもいうような態度なのだ。

メイソンもロンも眉間に皺を寄せているが、何も言わない。今日はとにかく穏便に過ごそうと考えているのかもしれない。

代官の待つ広めの部屋へと通されると、代官がワイングラスを片手に挨拶をした。

「子爵、来たか」

「代官殿、招待を感謝する」

代官が私に視線を移し口角を上げる。

「ああ、令嬢もようこそ」

なんだか獲物を見つけたハイエナのような表情をしているのが気になったけれど、一応淑女の礼をする。

「お招きありがとうございます」

「ほぉ、躾がなされているな。まぁ、堅苦しいのはなしだ。座ってくれ」

目の前の大きなテーブルには私たちでは食べきれないほどの料理が並んでいた。

豪華で華やかな料理……でも私は知っている、この美味しそうに調理された食材は領民から不当に徴収しているものだと。

領民は毎日の一食にありつけるのがやっとだ。目に映る代官の準備した食卓は豪華かもしれないが、これは決して美しいものではない。そう思うと、スンと真顔になってしまう。

食事の前に別邸を案内されながら代官の長い話が始まる。殆ど家具や絵など室内の装飾品の自慢話だった。確かに飾っている絵の趣味は悪くないし家具も一級品を揃《そろ》えていると思う、でも、この費用の出どころは領民からの搾取だ。

一体どれだけ領民からお金を吸い尽くせばこんな贅沢ができるのだろうか。

女神様の絵を見せびらかしながら鼻を高くする代官に作り笑いをする。女神様の絵は全く似ていないけれど、この額縁、これは金で作られている。

「どうだ。この絵は今、王都でも人気のザフロン画伯に依頼した絵である。子爵も耳にしたことくらいあるであろう?」

「申し訳ない。流行りの画家には疎く……」

「子爵、社交界で有名な画伯を知らないとは貴族として先が思いやられるぞ。まぁ、知っていたとしても子爵ではこのような絵は到底手に入れられないだろうが」

はいはい。父下げお疲れ様。内心、呆れながら舌打ちをする。

代官が自慢話兼私たちを小馬鹿にすることに飽きた頃合いで、やっとテーブルに着席する。長い一時間だった。

代官が棚から出した赤ワインのボトルを使用人に渡しながら言う。

「この赤ワインは最高級だ。子爵も飲むがいい」

「あ、いや――」

父が断ろうとしているのを無視して使用人が開けた赤ワインをグラスに注ぐ。

「さぁ、飲んでみてくれ」

開けられたボトルは父のグラスにしか注がれていない。もしかして毒が入っている？　父がワイングラスを手に取ったので、舌足らずを抑えて口を開く。

「ワインを飲む時には乾杯すると聞きました」

「そのような決まりは――」

「代官様のワインはどちらですか？」

代官が私を睨んだので満面の笑みで微笑む。どこからどう見ても純粋な子供にしか見えないでしょう？

そんな私の笑顔にぐうの音も出なくなったのか、代官が目元をピクピクさせながら近くにあったワイングラスを掴む。

「……そうであるな。ははは、さすが子爵令嬢。おい、私にもさっさと同じものを注げ」

使用人がやや困惑しながらも代官のワイングラスに赤ワインを注ぐと、父と代官は宙に向かってグラスを掲げ乾杯した。乾杯が終わると、なぜか代官はグラスの赤ワインを一気飲みした。父を見れば苦い顔をしている。毒ではないが程度の低いワインだったようだ。一応、一安心だ。

父に粗末なワインを飲ませようとした代官に少しくらい嫌がらせをしてもいいだろう。

「代官様、素晴らしい飲みっぷりです！　もう一杯見たいです」

「いや――」

「お父さまはちょっとしか飲まないので……たくさん飲むのが見たいです」

「う、うむ。では」

そう言って代官には三杯ほど粗末なワインを飲ませ口角を上げる。

「ルシア、あまり我儘《わがまま》を言ってはいけないよ」

見かねた父に注意されるが、代官の不快な顔を見られたので満足する。ざまぁ見ろ、代官。

食事が終わるとサンルームがあるリビングに案内され、また代官の自慢話が続く中、脈絡もなく魔法の話になる。確かに今日は私の祝福の儀の祝いという名目で招待されたが、この二時間以上その話は一切持ち出されなかったので忘れていた。

魔法の話を持ち出した代官は、なぜか終始下衆な笑いを浮かべている。

「それで令嬢、魔法を授かった気分はどうだ？」

「楽しいです」

「習得できなかったとは残念――ん？　楽しい？」

「はい。魔法は楽しいです」

代官の表情が困惑したような訝しげなものに変わる。

「嘘はいけないよ」

「嘘ではないです」

代官の口ぶり、まるで私が魔法を授からなかったと確信しているようだ。どうして？

「ふむ。そこまで言うのなら、令嬢の魔法を披露してくれ」

「いや。それは、家の中では――」

「なに、構わない。それともなんだ？　魔法が披露できない事情でもあるのか？」

断ろうとする父を言葉巧みに押し切る代官、父よりも口が回る。別に魔法を見せることに問題はない、それにここは代官の魔法も見られるチャンスかもしれない。

「ルシア、代官様の魔法も見たいです」

「ふむ、では私が先陣を切るとしよう。『水球《ウォーターボール》』」

代官の手の上空に水球が浮かぶ。代官は水魔法を使うようだが、少し酒が回っているのか球の形に乱れがある。

一応、おだてる。

「凄いですね」

「さて、令嬢の番だぞ」

声を弾ませて相変わらず嫌な笑みを浮かべた代官の目の前に手を出し、唱える。

「『泥球《マッドボール》』」

泥だんごよりもどろどろとした泥球が現れると、代官が眉間に皺を寄せ呟く。

「なぜ魔法が使えている……」

よく分からないけれど、どうやら代官は私が魔法を使えないと思い込んでいたらしい。それならちゃんと使えることを証明しないとね。

泥球を徐々に代官の水球に近づけ少しずつ取り込み侵略していく。

「なっ！」

代官が顔を赤くしながら声を上げると同時に水球がやや抵抗しているのを感じた。気にせずにそのまま泥で飲み込み一つの大きな泥球にすると口角を上げ代官を直視しながら言う。

「代官様？」

「これは一体……」

代官が困惑している間に泥球に魔力を加え大きくしようとすれば、父が手を上げ止める。

「そこまで。代官殿、娘のお遊びにお付き合いいただき感謝する。夜も遅くなってきたので我々はそろそろ失礼しようかと」

急いで代官の水球から泥を抜き、二つの球に戻す。

「今、私の魔法を取り込んだのか？」

「取り込む？　私には球が隣同士に並んだようにしか見えませんでしたが？」

父が上手くフォローをすると代官も安心したように笑う。

「そ、そうか。私も飲みすぎたようだ。今日はお開きにしよう」

代官の顔の前で泥球を爆発させるつもりだったのに、父め。

その後、領主邸に戻る馬車の中でやや怒られた。

「ルシア、あのような魔法は代官に見せる必要はないよ」

「でもあの代官、お父さまに不味いワインをわざと出したのです」

「うん。あれは確かに不味かったね。でも、ルシアの魔法は特別だ。次回から気を付けて使いなさい」

「はーい」

その後、領主邸の玄関の扉を開けるとルリとティルムが零れてきた。

どうやら私たちを扉の前で待ちながら眠ってしまったようだ。

二人を客室へと父が運び、私も窮屈なドレスから着替えベッドへと潜り、すぐに夢の世界へと旅立った。

ルシア、大活躍する

次の日、父の執務室で過ごしていたら、山の中を捜索していたジェイクが戻るなり報告をする。

「奴隷たちを発見、収容されている場所も特定しました。ルシア嬢の地図通りでした……」

ジェイクが私を見ながら言う。私の地図は役に立てたようでよかったけれど、ジェイクの視線が痛い。

父が地図のことに触れずに尋ねる。

「そうですか。それで、ドワーフの確認はできたのだろうか？」

「獣人の少年の証言通り三名確認できました。ですが、見張りの傭兵が四人います」

ジェイクの答えに父がため息を零す。

「……殿下の兵が到着するまで数日、奴隷は持ちそうだろうか？」

「それは、判断ができかねます。特に人間の親子の健康状態は悪く、数日持つかどうか」

「町の中の見張りは何人いましたか？」

「確認できた限りでも五人ほどでした」

「そうなのか……」

父が窓の外を眺めながら考え込む。

今の私たちの人数では完全に不利だ。敵は十五人程なのに、私たちは私を入れても六人しかいない。

ジェイクが父の目を真っ直ぐ見ながら言う。

「子爵、殿下の兵を待つべきかと」

「それが正解だとは分かっているが……」

父は判断に悩んでいるようだ。ジェイクの言う通り、殿下の兵を待てば戦力は増すけれど、その前に奴隷にされた領民が限界を迎えてしまうかもしれない。

でも、実は戦力は他にもいる。

「お父さま、領民に協力してもらえばいいのではないですか？」

「領民に？」

「はい。そしたら数では負けないはずです」

「うーん。しかし、領民を危険に――」

「領民だって状況を聞いて判断する権利があるでしゅ！」

力んで噛んでしまう。でも、領民の多くから今の状況を変えたいという意志が見えた。それに、領民の一部は追放されたモーリス一家のことを父に尋ねていたというのできっと協力してくれると思う。

「ルシアの言う通りだね。声を掛けてみよう」

父は少し考え頷きながら答えた。

ジェイクは最後まで第一王子の兵が到着するのを待つべきだと提言したが、奴隷たちの証人がなければ代官を追及できないとの父の指摘に渋々と折れた。

その後、父とジェイクは協力してくれそうな領民に声を掛けるために町へ向かった。私も一緒に行きたいと言ったが、問答無用でお留守番を任される。

「三歳児、くやちい」

仕方ないので、ルリと裏庭で魔法で遊びながら収穫できそうなサツマイモを掘る。

「このお芋、たくさん干すの」

「食べられる分だけだよ」

「たくさん食べられるの！」

小さな腕いっぱいにサツマイモを持ったルリが目をキラキラさせて言う。ルリはサツマイモを相当気に入ったようだ。ミーアキャットって結構肉食獣だと思っていたけれど、ルリはサツマイモか果物しか食べない。でも、ルリはミーアキャットに見えるだけでアマリアルという聖獣だ。

表の日陰でサツマイモを干していると、二階の窓際にいたティルムがこちらに手を振っているのが見えた。手を振り返すとティルムたちを連行した代官の使用人が馬車でこちらへ向かってくるのが見えたので急いで手を下ろす。ティルムもカーテンの内側に隠れたようなのでよかった。

代官の使用人が私とルリの前で馬車を止め、見下ろしながら小馬鹿にしたように笑う。

「これはこれは、子爵令嬢」

「代官の使用人……」

「その呼ばれ方は癪《しゃく》ですね。コンラードと呼んでいただきたい」

なんでいきなり自己紹介してくるのだろうか？　私は特に仲よくしたいとは思わないのだけれど。

黙っていると、コンラードが真っ直ぐなおかっぱの金髪に指を通しながら鼻で笑う。

「小汚いな」

「え？」

確かにちょっとサツマイモの土が服についているかもしれないけれど……。

コンラードがルリに視線を移し眉間に皺を寄せる。

「子爵の娘はどうやら獣がお好きなようで。本日はこの小汚い獣ですか……貴族ならご自分の立場を弁《わきま》えるべきかと」

『小汚くないもん！』

ルリの声が頭に響く。

『大丈夫、ルリは汚くないよ』

ルリを宥めながらコンラードを見上げ言う。

「使用人の立場を弁えない人にそんなこと言われても分かんないでしゅ」

「な、なんて生意気で失礼な子供なのだ」

「先に失礼をしたのはそっちなのに」

ボソッと呟く。私は同じ態度で挨拶を返しただけだ。

「ああ、獣臭い臭い」

捨て台詞《ぜりふ》を吐きながら通り過ぎていくコンラードを睨む。

腹が立ったので仕返しに馬車の後ろに泥だんごを投げつけて舌を出す。

「ベーだ！」

コンラードが振り向きながら何か騒いでいたけれど無視して領主邸へと戻る。


夕方前になると父とジェイクが帰宅した。

どうやら十人ほどの領民が協力してくれることになったらしい。深夜なら代官の監視の目は門番近くに集中しているらしく、領民が内密にしている外へと繋がる隠し通路使い、今夜奴隷を救出することになったという。

協力してくれる領民は始めこそ迷っていたらしいが、モーリス一家も奴隷にされていることを話すとすぐに了承したらしい。

　手を上げ父に言う。

「ルシアも行きます」

「ダメだ」

「ルシアも――」

「ルシア、そんな顔をしてもダメなものはダメだ」

　いつもの上目遣いが初めて父に通じなかった……。

　その後、父、ジェイク、それからメイソンが領主邸の裏から音を立てずに出かけるのを見送った。ロンは私たちの護衛として領主邸に残った。

「置いていかれた……」

　バネッサの膝の上で拗《す》ねていると、ルリが慰めてくれる。

「ルシアもルリと同じでヒーロー護衛なの。バネッサとティルムを守るの！」

「うん。そうだね」

　今日は念のためにみんなで私の部屋で寝る予定だ。バネッサとロンの表情が厳しかったので私たちも静かにしばらく父の帰りを待っていたけれど、いつの間にか寝落ちをしていた。


　夜中、剣のぶつかる音がして目を覚ます。

音が聞こえるのは部屋の外、どうやらロンが誰かと戦っているようで怒鳴り声が聞こえた。

「侵入者？」

すぐに代官関係者が頭を過《よ》ぎる。代官しかいない。でも、まさか……ここまで露骨な動きをするなんて思っていなかった。

急な展開に心臓がバクバクして思考が停止してしまう。

呆然としていたら部屋に待機していたバネッサが急いで私とルリを抱え、ティルムと共にクローゼットの中へと押し込まれた。

「バネッサ――」

「ルシア様、いい子でここにいてください」

そう言うと私の返事を聞かずにバネッサはクローゼットの扉を閉めた。

クローゼットの中で小さくなって震えるティルムの背中をそっと撫でる。

「ティルム、大丈夫？」

「怖い……」

それはそうだよね。ティルムはやっと平穏な日々を送れているのに、この事態はトラウマを呼び寄せたかもしれない。

守る者がいるからか、先ほどまでの恐怖心や緊張感が吹き飛ぶ。

バネッサにはいい子でここにいてと言われたけれど、もちろん大人しくするつもりはない。

なんのためにマシマシパワーがあるか分からなくなってしまう。

「ティルム、大丈夫だから。私とルリが悪い奴をやっつけるから」

「ヒーロー護衛なの！」

楽しそうに手を上げるルリに頷きながら言う。

「うん。そうだね。じゃあ、ヒーロー護衛の時間だよ」

クローゼットの扉をルリと蹴り開け外に転がり落ちる。ティルムは怖がって出てこなかったのでルリの盾でクローゼットの周りを囲む。

「ティルム、この盾の中にいれば大丈夫だから」

「わ、分かった」

剣の音が鳴り続ける部屋の外に出ようとすると、扉が破壊されロンが部屋の中に転がってくる。ルリがロンに癒やしの魔法を掛けるが、気を失っているようだ。

壊れた扉から見えた廊下にはバネッサも倒れていた。

「バネッサ！」

「ゴミの片付けが必要だな」

倒れていたバネッサを蹴り、勝ち誇った顔で部屋に侵入してきたのは昼間にも会った代官の使用人、コンラードだった。

「これはこれは、生意気娘。お前の父親は一体どこにいるのだ？」

「ちらない！」

「お前を置いて逃げる……はずはないからな。まぁ、お前を捕まえれば自《おの》ずと出てくるだろうな。その間、私の玩具《おもちゃ》になってもらうか。これは昼間のお返しができそうだ」

口角を上げ再びバネッサを踏みつけるコンラードを睨みつける。

「バネッサを踏まないで！」

「この獣がそんなに大事か？　これがいなくなるのは悲しいか？」

高笑いするコンラードがバネッサの顔に剣を突きつけると、血が滲《にじ》むのが見えた。

「やめて！」

「何もできないお前は今からこいつが死ぬのを指でも咥えて見ておけよ」

バネッサが死ぬのは嫌だ。呟くように言う。

「私はバネッサのヒーロー護衛だから……」

「は？　なんて言ってるか聞こえねぇよ」

バネッサに剣を振り下ろそうとするコンラードに向かって唱える。

「『泥』」

泥の塊がコンラードの剣に絡みつき動きを止める。

「ああ、生意気にも魔法を授かっていたたな。泥魔法とは、獣と同じで汚いものがお前にお似合いだな」

「汚いのはお前でちょ！」

「相変わらず生意気なクソガキが。もういいわ。お前、燃えろ。『炎球《ファイヤーボール》』」

コンラードが炎魔法を唱えると同時に私も泥魔法を唱えた。

「『泥だんご』」

コンラードから放たれた炎球と泥だんごが正面からドンと衝突すると、泥だんごが炎球を吸収して完全に消し去る。コンラードの魔法はバネッサと同じ炎魔法のようだけれど、魔力値は遥《はる》かに強いことが分かる。でも、私のマシマシ魔力値には勝てない。コンラードは魔法を取り込まれた後、肥大して床に落ちた泥だんごを見ながら目を見開く。

「は？　おい、なんだそれは」

質問には答えずにコンラードに笑顔を見せる。次は私の攻撃の番だ。

「『泥だんご』『泥だんご』『泥だんご』」

連続でコンラードの顔に泥だんごを投げつける。

「痛っ。は？　おい！　クソッ」

投げた泥だんごが全てコンラードの顔にヒットする。

コンラードは床に倒れると、どさくさに紛れてバネッサを狙いダガーナイフを投げようとする。

『ルリに任せて！』

ルリがバネッサの周りに盾を並べると、放たれたダガーナイフは弾かれた。

『ルリ、バネッサをお願い』

『分かったの！』

コンラードに向かって声を上げる。

「あなたの相手はあたちなの！」

「……ああ、本当に腹が立つガキだな」

私を狙ってコンラードが連続して炎球を空中に出す。

炎球の数は多いけれど、大丈夫、この数なら泥だんごで対処できる。

コンラードが口角を上げ、私が泥だんごを唱える前に、炎球に加えダガーナイフを投げるのが見えた。急いで唱えた泥だんごを避け真っ直ぐに向かってくるダガーナイフ、避けようと思っていても身体が動かない。

「お嬢！　危ない！」

いつの間にか目覚めていたロンによってダガーナイフが薙ぎ払われる。

危なかった……。

咄嗟の出来事で固まってしまっていた。

「お嬢、あいつは変な術を使う。危ないからここは俺に任せて逃げろ」

「でも――」

ロンが片手を上げながら唱える。

「『土拘束《アースバインド》』」

「無駄だ」

コンラードが笑いながら手を上げるとロンの魔法を打ち消した。

え……魔法が消えた？

今の、どうやって打ち消したの？　炎魔法が使用されたようには見えなかった。これがロンの言っていた変な術？

「お嬢、今だ。早く逃げろ！」

ロンがコンラードに向かって剣を振り上げ叫ぶと、私は言われた通りに壊れた扉に向かって走り出した。

「おい！　こら。待て！」

コンラードの怒鳴り声に振り返らず、真っ直ぐにルリと気を失っているバネッサの元へと駆ける。

「ルリ、バネッサは大丈夫？」

「大丈夫なの。でも、目覚めるのに時間が掛かると思うの」

大きな音に顔を上げると、ロンが炎に包まれ窓を割りながら領主邸の外へと落ちていくのが見えた。

「ロン！」

『任せてなの！』

ルリがロンの落ちた窓に向け盾の魔法を展開するのが見えたので私も唱える。

「『泥雨《マッドレイン》』」

泥雨で燃え上がっていたロンは消火できたと思うけれど……。

『ルリ、ロンは大丈夫かな？』

『大丈夫なの』

ルリがそう言うのなら信じる。

「どうやら残ったのはお前と私だけのようだな」

嫌な笑みを浮かべコンラードがこちらへ一歩一歩近づきながら、あちこちを炎球で攻撃する。

「『炎球』『炎球』『炎球』」

「『泥だんご』『泥だんご』『泥雨《マッドレイン》』」

コンラードの魔法展開は俊敏かつ正確だ。攻撃された一か所は泥だんごが間に合わず、燃え上がった机を泥雨で消火した。間一髪で壁にまで火が移らなかったからよかった。コンラードを睨みながら言う。

「何ちゅるの！」

これ以上、コンラードに家の中を燃やされるわけにはいかない。

「ほぉ、ではこれはどうだ！」

コンラードがダガーナイフを二本、私に向け投げたので、急いで泥箱を展開して自分を守る。

「『泥箱《マッドボックス》』」

ギリギリでダガーナイフが泥箱に吸収される。顔を狙ってきたのが怖い。

コンラードが眉間に皺を寄せ唸る。

「ふん。小賢《こざか》しい子供だな」

「『泥檻《マッドジェイル》』」

コンラードを捕らえるために泥で作られた檻《おり》を展開するが、避けられてしまう。

――どうして！

どうやら魔力値では私が勝っているけれど、経験で負けているようだ。コンラードは異変に気付いて避けたようだ。

「やはりまだ子供か。動きが単純だ」

不利だ。それなら逃げるが勝ちだ。壊れた扉に向かって唱える。

「『泥壁』」

「あ、おい！」

部屋の入り口を泥壁で埋め、コンラードを部屋に閉じ込める。

鈍い音が泥壁から聞こえる。コンラードが攻撃しているのだろう。泥壁をさらに数枚重ね強化する。

「これなら絶対こっちに出られないよね」

「ルシア、凄いの！」

バネッサを守っていた泥箱を戻し、左右に揺らし起こそうとするが……バネッサは完全に気を失っている。

「ルリ、バネッサに盾の守りをお願い」

「分かったの！」

バネッサにルリの盾の魔法を施してもらい、泥魔法で私の部屋の斜め向かいにある小さな部屋まで泥ライダーウルトラで運ぶ。念のために入り口は泥壁で塞ぐ。

この部屋どうやら収納部屋のようだ。まだ掃除がされていないので、ちょっと埃《ほこり》っぽい。

「あ、窓がある」

魔法で出した泥箱に乗り、小窓から外を覗くと誰かの声が聞こえた。

「――早くして」

見れば、代官の別の使用人たちが領主邸の裏で火を点けようとしていた。

「酷い……」

これ、私たちを全員火災に見せかけて始末するつもりだ。

「『泥雨《マッドレイン》』」

代官の使用人たちの上に泥雨を降らせる。ついでに泥檻で収容しようとしたけれど、小窓からでは全員の位置が把握できず断念する。

この小窓からは外へ出られそうにない。扉の泥壁を戻し、そっと廊下を確認する。

――大丈夫そうだ。

気絶しているバネッサをひとまず部屋に置いていき、再び泥壁で扉を囲う。これでバネッサはコンラードからは安全なはず。

「ルリ、行くよ」

「うん！」

廊下を走り領主邸の裏庭を目指すが、大きな音と共に近くの部屋の扉が蹴り破られコンラードが現れた。どうやって外に？　そうだった……私の部屋の窓は開いているのだった。そこから別の部屋に移動したんだ。焦っていて、そのことを完全に失念していた。

条件反射で逃げようとするが……三歳児の足は遅すぎる。

「こんな所にいたのか？　遅い遅い。すぐに追いつくぞ」

コンラードが後ろまで迫る。捕まるわけにはいかない。

「『泥ライダー』」

泥ライダーに跨りコンラードに舌を見せる。

「べーだ！」

「おい！　止まりやがれ」

泥ライダーを漕ぎ廊下を走って逃げようとすれば、後ろからコンラードに炎球を投げられ床に敷いてあったカーペットに火が移り燃え上がる。

「何ちゅるの！」

泥ライダーを止め燃えているカーペットに急いで泥雨を放ち、消火する。

「それなら、これはどうだ！」

今度は炎球を二つ同時に放ち、コンラードが手を上げると謎の棒を持っているのが見えた。

何、あの棒？

よく分からないけれど、放たれた炎球を再び泥だんごで包み込み消火する。

「は？」

それからコンラードが謎の棒を振りながら何度も炎球を投げつけてくる。コンラードの攻撃に慣れてきたのか、炎球は全て泥だんごで消すことができた。

「……なぜ効かない？」

コンラードが一体何をしたいのか分からない。とにかく、棒を握る手を目掛け唱える。

「『泥だんご』」

「うわっ」

泥だんごがコンラードの手元に命中、弾かれて私の足元に転がってきた棒を拾う。

「何、これ？」

魔石があしらわれた棒は初めて見るものだった。

魔石があるのでこれは魔道具だと思う。先ほどロンの魔法を消したのはこの魔道具なのだろうか。

再び炎球を唱えようとするコンラードに向かって棒を振ると、丸く形成されていた炎球が途中で完全に消える。

この魔道具は魔法を打ち消すやつだ。魔道具の話は父から色々聞いていたけれど、こんな魔法を打ち消すようなものの話はなかった。

「おい、それを返せ」

「……やだ」

コンラードの足元に泥を投げつけ転倒させる。

その後に急いで泥ライダーにルリと乗り、父の執務室に駆け込む。

「ルリ、大丈夫？」

「ルリは大丈夫なの？　ルシア、ここが焦げているの」

「あ、本当だ。全然気付かなかった」

炎球が擦《かす》れたのか、パジャマの袖が少し焦げていた。

コンラードに侵入されないように、急いで泥壁で扉を閉める。

執務室に来たのには理由がある。

――あれを探さないと。

父の机を漁るが目的のものが見つからない。

「どこだろう」

「何を探しているの？」

ルリが首を傾げながら尋ねる。

「丸くて、金色の飾りの――」

「それならあの棚の上にあるの！」

「本当だ！」

棚の一番上にある第一王子へ直通する通信の魔道具を発見する。

泥魔法ではしごを出すと、棚の上にある通信の魔道具を掴み急いで起動する。何度か通信の魔道具が光ると、怠《だる》そうな艶めかしい声が聞こえた。

「エミリオ、こんな時間に何事だ」

「今、おちょわれてるの！」

他に伝えようがあっただろうが、なぜかそれが私の第一声だった。たぶん、思っているより今の事態に心は焦っていたのだと思う。

「その声は、エミリオの娘か」

「はい」

「襲われているのか？　誰にだ」

「代官の使用人」

「エミリオはどこだ？」

「お父さまは、奴隷たちを助けに行ったの」

「エミリオめ、私の兵が到着するまで待てと言っていたのに……ジェイクとロンはどうした？」

「ジェイクはお父さまと一緒で、ロンは攻撃されて窓から落ちたの」

「一人なのか？」

「ルリがいるの！」

ルリが大声で言う。

「子供二人なのか……今、どこにいる？」

ルリは子供ではないけれど、声だけを聴けば可愛らしい子供に違いない。

「えと――」

第一王子に、私が置かれている状況を細かく説明している途中で泥壁の外から衝撃音が聞こえ、泥壁の周りが燃え始めたので急いで泥雨で消火する。

「とにかくその部屋から脱出しろ。通信はこのまま繋げておくのだ」

「はい」

通信の魔道具をパジャマのポケットの中に入れ、唯一の出口である執務室の窓から地面を見下ろす。執務室は二階にある。地面まで結構な距離だ。

この高さどうしよう。

「ルシア、ルリの盾の滑り台をするの！」

ルリが執務室の窓から守りの盾を繋げた滑り台を訝しく見ながら悩む……これを滑り降りろと？

「思ったより高いかも」

「大丈夫なの！」

自信満々で胸を張るルリだけど……。

「やっぱりちょっと怖いかも」

迷っているとドンドンと壁を蹴る音が大きくなっていく。時間がない。両手で頬を叩く。

「よし！」

窓の淵に立ち、透明の盾に座り目を瞑《つむ》る。

行こう、と決意する前にルリに押される。

「行くの！」

「まだ、ちょ、きゃああ。怖い怖い」

猛スピードで滑り落ち地面に転がる。

立ち上がり、裏の扉に代官の別の使用人が懲りずに火を点けようとしていたので大声で叫ぶ。

「やめて！　『泥檻《マッドジェイル》』」

領主邸に火を点けようとしていた代官の使用人の男女三人を泥檻で囲み、閉じ込める。

「キャー、助けて！」

代官の使用人の女が怖がりながら叫ぶ。

「なんだこれは！　クソッ、開かないぞ。助けてくれ！」

代官の使用人の男たちも叫んでいるけれど……本当に叫びたいのはこちらなのだ！　なんで
あなたたちが被害者面しているの？

父の執務室の窓から埃だらけのコンラードが怒り狂いながら叫ぶ。たぶん、壁を壊して執務
室に侵入したんだ。

「クソガキ！　ズタズタにして燃やしてやるからな！」

「『泥だんご』『泥だんご』」

泥だんごは二つともコンラードの顔にヒット、コンラードが転倒する。

「ふざけやがって！」

「え？」

コンラードが窓から急に飛び降りる。

「『泥だんご』『泥だんご』」

「は！　こんな攻撃はもう効かないぞ」

投げた泥だんごを両方ともコンラードの剣で切られる。泥だんごに相当ご立腹のようだ。歯を剝き出しにしながら怒鳴るコンラード……正直、怖いかと尋ねられると怖い。

ルリが私の手を握る。

『大丈夫なの』

うん。そうだよね。よし、みんなを守ろう。自分に活を入れて唱える。

「『泥人形《ゴーレム》』」

魔力を多めに放出、人より巨大な大型のクマのぬいぐるみを泥魔法で作り出す。

「あれ？　ちょっと大きく作りすぎたかな……」

大人の二倍ほどの大きさになってしまった。まぁ、いいよね？

「クマちゃん、よろしく」

驚愕《きょうがく》した表情でクマちゃんを見上げたコンラードが叫ぶ。

「な、なんだ、それは！　おい！　『炎球』──」

ブンブンと魔道具の棒を振り魔法を消す。この棒、凄く便利だ──と思ったら魔石にヒビが入り割れてしまう。使える回数に制限があったようだ、残念。ポイッと棒を地面に捨て、クマの前で仁王立ちしてコンラードに向かって言う。

「観念ちて！」

「ク、クソが。こんなのやってられるか！」

「あ！　逃げないで！」

不利だと悟ったのかコンラードが猛ダッシュで逃げ出した。

「追いかけるよ！」

クマちゃんでコンラードを追いかけたが、サイズが大きくなってしまったせいで足が遅い……。

仕方ないので、追加の泥の兎たちを三十匹以上作り出しコンラードの後を追わせる。私もクマちゃんの肩に乗り、兎たちの後を追う。

兎たちがコンラードに追いつくと、次々とそのまま突進させ転ばせた。

地面に顔から倒れたコンラードに向かって、クマの頭の上から唱える。

「『泥檻《マッドジェイル》』捕まえた！」

ついにコンラードを泥檻で捕らえた。

無反応だったので檻の中を見るとコンラードは気絶をしていた。

「はぁー、緊張した」

自分で思うよりも体は緊張していたようで、安心したからか地面に座り込んでしまう。

鼻の上に水滴が落ちたので、空を見上げるとポツポツと雨が降ってきた。

ルリがコンラードの入った泥檻を眺めながら尋ねる。

「ルシア、終わったの？」

「うーん。肝心な首謀者がまだいるけれどね」

灯《あか》りの点いた別邸を見ながらため息を吐き立ち上がる。父が帰るまで待つべきだろうけれど、その間に代官に逃亡されてしまうかもしれない。

「よし、代官を捕まえに行くよ！」

「分かったなの！」

◇◇

代官のいる別邸へ到着する。深夜なのに表の扉は開いていたので、勝手に中に入ると奥から代官の声がした。

「終わったか？　雨が降りそうだが無事に火は――なっ、小娘、いつの間に入ってきた！」

「あなたを捕まえに来まちた」

「捕まえに？　なんの戯言《たわごと》を言っている」

ワイングラスをテーブルに置き、寝間着姿のまま立ち上がる代官に向かって言う。

「あなたが誰かと共謀してお父さまを殺そうとしたこと、領主邸に火を点けようとしていたこと全部知っていましゅ！」

「……どこでその話を知った？」

「裏庭であなたがお喋りしていたのを聞きました」

「ふん、あの時か。そうか、聞かれていたとはな。全くコンラードは一体何をやっているのだ、こんな小娘一人に逃げられるなど」

代官が手を伸ばし私を捕まえようとしたので泥だんごを投げつける。

「痛いではないか。大人しくこちらへ――」

「『泥檻《マッドジェイル》』」

代官を上手く泥檻に捕らえる。

「な、なんだ、これは！」

水魔法で泥檻を破壊しようとする代官だったが、私の魔力値の方が高く泥檻はビクともしなかった。

「捕獲完了！」

「完了なの！」

ルリとハイタッチをして思ったより簡単に捕まえられたことに一安心する。

代官がこちらを睨みながら叫ぶ。

「ここから出すのだ。私を誰だと思っている。こんなことをして貴様も父親共々ただでは済まないぞ」

「ただで済まないのは代官だと思います！　使用人を使って私たちを殺そうとしたこと、それに奴隷のことも言い逃れできないです！」

「奴隷？　さて、私はそれがなんのことか分からないな」

「コンラードが関わっているのは証言もあるの！」

「証言だ？　奴隷のか？」

代官が高笑いをする。

「何がおかしいの？」

「奴隷の件など使用人が勝手にやったことは知らないなぁ。私が関わっている証拠などないであろう？」

「通信の魔道具で話していたのを聞きました。それに奴隷にされた人たちの証言もあります！」

ティルムだけではなく父が保護に向かった奴隷の中には領民と不可侵条約国のドワーフもいる。

「そんなの下民の戯言だ。奴隷の件は私の使用人が勝手にやったことにすれば何も咎はないだろう。殺害依頼の件も貴様以外誰も聞いていないのだから」

「そんな言い逃れはできないでちゅ！」

「本当にそうか？　子供の貴様の証言と何年も王に仕えてきた我が侯爵家とでは言葉の重みが違うのだよ。分かるか？　貴様が今私にしていることは犯罪なのだよ」

勝ち誇った顔の代官に言い返そうと思ったけれど、確かに私と代官のどちらが信用に値するかと問われれば……悔しいけれど代官を信用する人が多いかもしれない。

悔しくて床を見ながらポケットの重みを思い出す。そうだ、私には侯爵家なんかより強い権力者が付いているのだった。

代官からもっと確証のある自白を取ろう。顔を上げ私を嘲笑う代官を真っ直ぐに見る。

「分かったなら早くこの魔法を解くのだな。これ以上罪を重ねたくなければな」

「どうして、お父さまを殺そうとしたの？」

「あ？　ふん。まぁ、どうせ貴様たちは終わりだから答えてやろう。目障りだからだよ！せっかく領民も従順に躾けたのに……何が新しい領主だ。そんなの、いらないだろう？　エミリオに私の悪事を背負わせ、私は王都に返り咲く。そんな時にちょうど伯爵に依頼されたのだよ。まさに一石二鳥であろう？」

「伯爵？」

「おお、これは……少し話しすぎたか。まぁ、小娘の話など誰も信用しない」

名前は聞き出せそうにないけど、父の暗殺を依頼したのが伯爵であると分かったのは相当な収穫だ。

高笑いをする代官に向かって通信の魔道具を披露して微笑む。

「だそうですよ」

「ジョセフ、大層な計画であるな」

「へ？　そ、その通信の魔道具は王族の――」

「いかにも王国第一王子ブラッドリー・ケンドルヒである」

「な、なぜ……」

「そなたは欲が出すぎたのだ。隣国と繋がり我が同盟国の国民を奴隷として働かせるなど反逆罪である。貴様の実家もただで済むとは思うでない」

「し、しかし、殿下、お聞きください、私にも――」

「すでに私の兵を向かわせている。見苦しい言い訳は城に連行された後に聞いてやろう」

「そ、そんな……」

泥檻の中で両膝を突き愕然とする代官、これはもう終わったね。

「悪いことしなければよかったのに……」

小さく呟くと代官から大きな魔力が漏れ出た。見れば拳を床に付け何やら唱え始めた。床には私の檻の影響がない、しまった。

代官の詠唱が終わると、床が一気に水に浸かり、足が引っ張られる感じがした。

「ルシア！」

水の嵩《かさ》が増すと、ルリが私にしがみ付く。

「お前さえ消えれば問題はないのだ！」

このまま私とルリを溺れさせる気なの？　そんなことはさせない。

「『泥沼』」

急いで唱えると、足元に現れた泥沼が代官の水魔法を吸収、木製の床を取り込みながら代官を飲み込んでいく。

「な、なんだこれは！　私の魔法をかき消して――。お、お前の仕業か、小娘！」

藻掻きながらも這い出そうとする代官を泥沼の中心に戻す。

「暴れないで！」

「ここから出せ！」

「ちゃんとお迎えが来るまで大人しくちて！」

そんな言葉は代官に届くはずもなく暴れることをやめないので、泥沼の水だけを抜き代官ごと固める。固まった泥沼はまるでコンクリートのように白く変色した。コンクリートに埋められ、頭だけ飛び出した代官が叫ぶ。

「なんだこれは、今すぐ私をここから出すのだ！」

声を裏返しながら怒鳴る代官に通信の魔道具から蔑《さげす》んだ声が聞こえる。

「ジョセフ、見苦しいぞ。貴族としての誇りはどこへ消えた？」

喚いていた代官も第一王子の一言で静かになった。

この泥を固めた魔法は私が解かない限りこのままだ。もちろん後から解放するけれど、今はこのままにしておく。

それにしても、折れた木材がコンクリートに刺さったまま固まって酷い惨状だ。これは床を取り替えないといけなそうだ。

代官が怒鳴り散らす中、代官のせいで毛が濡れたルリの手を繋ぐ。

「ルリ、行こう」

「うん」

これ以上代官と同じ部屋にいたくなかったので退室すると、通信の魔道具の第一王子に声を掛けられる。

「エミリオの娘、大儀であった」

「ありがとうございます」

「だが、そなたの使う魔法は興味深いな」

「え？」

「ジョセフもある程度の魔法の使い手だったと記憶していたが、そのジョセフが打ち破れない魔法で覆い捕獲するとは……実に興味深い」

「たまたまです……」

少しの間の後に第一王子が静かに笑う。

「今回はそういうことにしておいてあげよう。そろそろ夜が明けるな」

別邸から外に出ると領地は薄明を迎えていた。

「もう朝だ……」

「通信をそろそろ終了しなければ魔石が持たないであろう。エミリオの娘、いやルシアそれからルリ、今日はよく頑張った」

「ありがとうございます」

「ありがとうなの」

第一王子との通信をひとまず終わる。父が戻った時にまた通信をさせるように言われるが、長時間の通信のせいか通信の魔道具が少し熱くなって魔石がいくつか黒くなっていた。

「ルシア、泥だらけなの」

パジャマのドレスと手足にはあちこちに泥が付いていた。ルリを見れば同じく泥まみれだったので笑う。

「ルリも泥だらけだよ！」

それから領主邸へ戻ると、バネッサとロンがコンラードの泥檻の前で呆然と立っていた。

「バネッサ！　ロン！」

「ルシア様！」

バネッサから涙ながらに抱きしめられる。バネッサは少し前に気がつき、二階から飛び降りて私を探していたようだ。

首を傾げながらバネッサに尋ねる。

「あの鉄格子がある窓からどうやって出たの？」

「私は猫の獣人ですから、身体が柔らかいのです。首さえ通れば後はどうとでもなるのです。それよりもルシア様が無事で安心しました！」

バネッサは液体なの？　バネッサを見上げると涙目になっていた。

なんだか心配を掛けてしまったようで申し訳ない。

ロンが難しい顔をしながら尋ねる。

「お嬢……これは、お嬢がやったのか？」

「はい」

「そうか……凄いな、お嬢」

いつもの笑顔に戻ったロンに頭を撫でられる。


父たちが領主邸に戻る頃には、目覚めて騒いでいたコンラードや他の代官の使用人たちは疲れたのかすっかり大人しくなっていた。

領主邸の有様を驚愕の顔で見ていた父が私を見つけて駆けてくる。

「ル、ルシア！　無事で本当によかった！　済まない。まさか、代官がこんな乱暴な手を使ってくるとは思わなかった。必ず代官を捕まえる」

父に抱っこされるとなんだか安心して力が抜けてしまう。

「ルリと一緒に代官もやっつけました」

「へ？」

「ルシアとルリ、ヒーロー護衛なの！　代官もやっつけたの！」

「そう……なのか？」

「はい！　別邸で捕獲しました」

「それは……いや、本当なのだろうね」

満面の笑顔の私とは対照的に疲労感漂う表情で笑う父に尋ねる。

「お父さま、奴隷の人たちは助かったのですか？」

「ああ、無事に見つけたよ」

「無事でよかったぁ」

「怪我は酷いが……みんな生きていた」

父とジェイクを、代官を捕らえている別邸へと案内、部屋の惨状と首だけを床から出していた代官の姿に二人とも言葉を失っていた。

代官が父を睨みながら口を開く。

「エミリオ、貴様……私にこんなことをしてただで済むと思うなよ」

「ジョセフ殿……あなたは優秀な文官であったと聞いていた。このような結果になって残念だ」

「そんな同情した目で私を見るな！」

叫び出した代官の首元にジェイクが剣を向ける。

「静かにしてください。言い訳があるのなら王の前でするのですね」

唇を噛み静かになった代官を固めている泥を触りながら父が尋ねる。

「これは、ルシアの魔法なのか？」

「はい、固めました」

「そんなことまでできるようになったのか……これは消すことはできるのかい？」

父が小声で尋ねる。

「はい。できます」

「そうか。ジェイク殿、今から娘が魔法を消すから代官を捕らえてください」

「ん？　消すとは？」

父がジェイクに私の魔法を戻す力を説明する。半信半疑のジェイクだったが、魔法を戻すと驚きながらも代官を捕らえ手錠を掛けた。

手錠は魔法封じの魔道具だという。この魔道具の話は以前父に聞いたことがあったけれど、実際に見るのは初めてだった。

別邸の床には私の魔法のせいで大きな穴が残ってしまった。仕方ないけれど、修復が大変そうだ。

「お父さま、これ」

ジェイクに連行される代官の後ろ姿を見送りながら、ポケットに入っていた第一王子直通の通信の魔道具を父に渡す。

「これは、どうしたのだい？」

「お父さまの執務室から借りて王子様に連絡をしました。代官の悪事もばっちり聞かせました」

満面の笑みで父に知らせると、父が少し焦りながら尋ねる。

「で、殿下に？　殿下はなんと？」

「後でお父さまに連絡してって言っていました」

「そうなのか……」

その後、代官は魔力を封じる手錠をされたまま領主邸の地下の倉庫へと閉じ込められた。代官の使用人たちは泥檻に入ったまま窓のない部屋へとまとめて閉じ込められたという。

ティルムも無事に部屋から出てきたけれど、トラウマを思い出させてしまったようで静かだった。

「ティルム、見て」

泥魔法で出したハニワに変な踊りをさせるとティルムの口角が少し上がった。

朝のうちに父が領民を集めて代官を捕らえたと知らせると、領民を監視していた町中にいた代官の雇人たちは、門番を含め、いつの間にか町から姿を消していたという。

その日のうちに救出した奴隷たちは領主邸と別邸で保護することが決まった。

獣人十四人、ドワーフ三人、それから人族三人。領民たちにリヤカーなどで連れてこられた奴隷の状態は、目を背けたくなるような酷い怪我と栄養失調状態だった。

獣人の中にはティルムの知り合いもいたようで、ティルムは泣きながら彼らに駆け寄っていた。

怪我人の中でも人族であるモーリス夫妻と十歳前後の息子は全員意識がなく命の炎が消えそうだった。

「酷い。ルリ、みんなの前だけれど……お願いできる？」

「分かったの」

ルリと一緒に怪我人の前に立つ。ルリがいつもより長い癒やしの魔法を唱えるとフワフワと雪が降るように光が落ち、奴隷にされた人たちだけではなく全員の傷を癒やしていった。

ジェイクやロン、その場にいた数人の領民たちの視線がルリに集まる中、父が声を上げる。

「このことは他言しないよう願う」

父はそう言ったけれど、人の噂は止められないと思う。それでもすぐに癒やさなければいけないと思った。ルリは私が守るから大丈夫だ。

奴隷たちの栄養失調は残念ながら癒やしの魔法ではどうにもできないという。全員、これから最低でも数週間は療養が必要だと思う。ティルムもここ数日で元気にはなったけれど身体は痩せている。

父はその後、通信の魔道具で第一王子に連絡を入れた。こちらに向かっている兵の到着はあと三日掛かるということだった。

あと三日、何もないといいけれど……。


二日後、領民が炊き出しをしてくれた。今まで代官が独り占めしていた町の貯蔵庫を領民に開放したことで一気に食卓が豊かになった。父は冬用に必要な作物以外は全て領民に分け与えた。

領主邸や別邸の修復には時間が掛かりそうだけれど、今は使える部屋を奴隷だった人たちに開放したので領主邸は一気に賑《にぎ》やかになった。

昼食の炊き出しのスープを裏庭にあるテーブルで食べながら、サツマイモを齧るルリに声を掛ける。

「美味しいね」

「ルリのサツマイモも美味しいの」

ルリと笑いながら食事をしていると、大きな地響きが轟《とどろ》く。テーブルが揺れ始めると食べていたスープが地面に落ちてしまう。

――地震だ。

今世では初めての地震。領主邸からミシミシと音が鳴り、四方から人々の叫び声が響き渡った。

「ルリ、大丈夫？」

「地面が、山が揺らされているの！」

ルリの指す東の山を見れば、大量の鳥が山から飛び立っていた。

山が揺らされている？　どういうことなの？

閑話　ジョセフの焦り

エミリオが落胆している姿を高笑いしてやろうと夕食会を開いた。なのに、なぜか私の方が惨めな思いをさせられているか。

エミリオとあの娘が去った後にワイングラスを床に叩きつけて使用人に命令をする。

「神官を今すぐ呼べ」

呼び出した神官は、明らかに気まずい表情で挨拶の言葉を述べると恐る恐る用件を尋ねた。

「このような夜中に急用とのこと、いかがなされましたでしょうか？」

「エミリオの娘の話だ。儀式を失敗させろと命令したはずだが？」

「そ、そのことでしたか。失敗するよう儀式の宝玉は教会の裏に適当に落ちていた岩にしましたし、通常の拝礼もしておりませんでしたが、なぜかあの娘は魔法を授かったようで……」

この神官が金払いの悪い領民の子供の祝福の儀に適当に儀式をすることは知っていた。そのおかげでここ数年、この領の儀式で魔法を授からない子供が増えた。魔法を授からないのは女神に見放されているのと同じだと領民を言いくるめたおかげで、奴らを扱いやすくもなっていた。

だが……そんな適当な儀式をしたにもかかわらず、あの娘は魔法を授かっているという。女神の祝福を受けられなかった貴族令嬢として、親子共々恥をかかせてやろうと思っていたのに……。

神官を睨みつけ声を上げる。

「お前が報告をしていなかったから私が恥をかいたのだが？」

「申し訳ございません。で、ですがあの娘の授かった魔法は泥魔法という、珍しいですが大した魔法ではございません」

泥魔法、私の水魔法を飲み込んだようにも見えたのだが……。

「本当にそうなのか？」

「泥を出す魔法ですよ。部屋を汚すだけでございます」

「確かに田舎臭さがあいつの娘に合っているな」

神官の言う通りだ。私は何を恐れているのだ。あんな子供の魔法に恐れる必要はない。

神官と二人で高笑いをし、夕食会でのあの娘のことはたまただと思うことした。

次の日、奴隷の管理を任せているコンラードから奴隷の一人だった獣人をエミリオが領主邸で匿《かくま》っていると連絡を受ける。

「なぜにそんな事態になっている？」

「あの獣人は弱っていましたので穴に埋めたはずでしたが、なぜか領主邸で見かけました。間違いありません。獣らしく泥の中から這い上がったようです」

「よりによってなぜエミリオの家にいると聞いているのだ！」

怒りに任せコンラードに花瓶を投げつける。

「それは……分かりませんが、始末します」

「そんなの当たり前だ。他の奴隷の居場所はどうなっている？」

「昨日から、新たな場所に移動させていました。あの獣人の知らない場所なので露見はしないかと」

「だが、奴隷の話はエミリオにも伝わっている……いや、待て。これは全部を始末できる機会かもしれない」

「と、言いますと？」

「領主邸に火を点け、エミリオも領主邸にいる奴らも全員を始末しろ。そうだな、エミリオが奴隷を従えていたことにしてその獣人が反発して火を点けたことにすればいいだろう」

「それはそれは、悪い企みですね」

「お前はあの護衛の男をどうにかしろ、できるか？」

「最近手に入れた魔道具を使えば可能かと」

「ああ、オベリア伯爵が送ってきたものか」

「あれに魔法を封じるものがあったかと」

オベリア伯爵がエミリオを消すために届けさせた魔道具の入っている袋を開け、棒に魔石が付いたものをコンラードに渡す。

「上手く使えよ」

「もう一つの魔道具はいかがされますか？」

「この、大地を揺らす魔道具か。初めて見るものだが……見よ、この魔石の数を。相当なものだと分かる」

コンラードにオベリア伯爵から賜った魔石を無数にあしらった壺《つぼ》に似た魔道具を見せながら笑う。

「大地を揺らすとは一体どのような使い方を？」

「伯爵は、エミリオたちの到着時に事故に見せかけ山の崖から落とすようにとこれを送ってきた。だが、この魔石の数だ、エミリオは別の方法で始末してこれを売り払おうと考え使用しなかった」

いざという時には使用する他選択肢がないだろうが、これは売れば相当な金額になるはずだ。

「それでは、計画は今夜に実行します」

「ああ、私を失望させるなよ」

コンラードが部屋を退室すると、私は口角を上げ窓から見える領主邸を眺めた。

◇◇

計画は上手く実行されたと思っていたのに……今、なぜ私はこのような状態になっているのだ。

泥沼から這い出そうとする度に元に戻される。

エミリオの娘を睨みつけ怒鳴る。

「ここから出せ！」

「ちゃんとお迎えが来るまで大人しくちて！」

この舌足らずな娘に私が敗れたというのか？　私の最大限の水の魔法ですらこの泥に飲み込まれた。

いや、そんなはずはないと力の限り暴れ水魔法でエミリオの娘を攻撃しようとするが、全てこの娘の泥の魔法に制御される。

今頃はエミリオとこの娘を火災に見せかけた事故で領主邸ごと焼き払っていた予定だったのだ！　一体、どこで間違ったのだ……。

その後、エミリオによって捕縛された私は魔法封じの手錠を掛けられ領主邸の地下倉庫へと閉じ込められてしまう。

「クソ……」

すでに一日以上ここに捕らえられているが、何度も私を捕縛した時のエミリオのあの同情する表情を思い出す。

「悔しい、憎い、殺してやりたい」

なぜ、私がこんな惨めな目に遭わなければならないのだ。

そんな蠢《うごめ》く感情で一人暗いじめじめとした地下に座っていると、突然土の壁が崩れ見たこともない女が中から現れた。

「誰だ！」

「オベリア伯爵からの伝言です」

「は、伯爵から……？」

「『最後の機会だ。領地ごとエミリオを消せ』とのことです。東に位置する山でこれを使えば、この領地は土砂に飲み込まれ消えるでしょう」

女が大きな壺を見せながら言う。その壺は以前にも伯爵から賜っていた地面を揺らすという魔道具と同じものだったが、魔石の数は以前のものより倍ほどあしらわれていた。

「それをやれば私の立場は立て直してくれるのか？」

「貴殿には他国でやり直せる報酬を授けるとの仰せです」

「この国から出て行けと？」

「破格の話だと思いますが？　別にやらなくても問題ないですよ。貴殿一人が極刑になるだけですから」

極刑……それだけは嫌だ。私にはこの道しかない。それにこれでエミリオもあの小娘も葬ることができるのなら……。

「壺をよこせ」

「では、その手錠も外しましょう」

女がどのようにして魔法封じの手錠を外したか分からないが、自由になる。

「これをやれば約束は必ず守ってくれるのだろうな？」

「伯爵に二言はありません」

「分かった」

「それでは、ご武運をお祈りします」

女が開けた土の穴からよじ登り、東の山へと誰にも見つからないように駆けた。

「見ていろよ。必ず返り咲いて、私の勝利で終わらせる」

ルシア、領地を守る

激しい揺れが止み、領主邸のみんなも落ち着きを取り戻した。

ルリの言う、地面が揺らされているという言葉が気になったまま零れてしまったスープを片付けていると、再び激しい揺れが始まった。余震にしては最初の時と同じくらい揺れている。

ルリが足と尻尾でバランスを取りながら山を睨む。

「また揺らしているの！」

「ルリ、揺らしているってどういうこと？」

「魔力で揺れているの。山の動物たちが怖がっているの！」

ルリが頬を膨らませながら怒る。

「それは誰かが揺らしているの？」

「そうなの！」

魔力で人工的に誰かがこの地震を起こしているってこと？　そんな、誰がなんのために？

「こんなに何度も揺らされたら――」

揺れが起きているという東の山の方角を確認する。ティルムを救出した時の山の地面はずいぶん緩いものだった。ここ二日、連続で雨も少し降り、それに加え代官が行った伐採で山肌はところどころ露《あら》わになっている。

「これ、危ないかも……」

土砂崩れが起きる恐れが高い。

ジェイクの先導で揺れる領主邸からみんなが外に避難する中、父とバネッサがおぼつかない足取りで私を探しているのが見えた。

「ルシア！」

「ルシア様！」

二人に声を掛けようとしたら、山から鈍い異音が轟いた。

砂埃が舞い上がり崖の一角が崩れ落ちるのが遠目にも見えた。この調子で他の山の部分も崩れれば町に土砂が流れてくる。

「ルシア、動物たちが逃げているの。山がなくなるって！」

やっぱりそうか……起こされた地震のせいで土砂崩れが発生しそうなんだ。あの山なら泥状が多いだろう、泥なら操れる。

私に向かって駆けてくる父とバネッサに笑顔を向ける。

「お父さま、バネッサ、ごめんなさい」

「ルシア……？」

困惑した父から目を逸らし唱える。

「『泥ライダー』」

「ルシア様！」

バネッサの嘆くような声を無視してルリにお願いする。

「盾の魔法に乗って山まで行こう」

「分かったの」

ルリが空高く盾のアーチを重ねると泥ライダーに力を込め一気に上昇した。

「ぎゃあああああ」

相変わらずの泥ライダーの猛スピードに悲鳴を上げながら……。

◇◇

「泥ライダー、止まって止まって！」

猛スピードのおかげで山の上空に一分ほどで到着、泥ライダーを急停止させ山の状況を確認する。

「ルリ、山を揺らしている奴はどこにいるの？」

「あそこにいるの！」

「あれは……代官？」

なんだか髪は真っ白で雰囲気は変わっているけれど……代官だと思う。どうして領主邸の地下に捕まっているはずの代官がこの山にいるの？

「ルシア、また揺らそうとしているよ！」

代官が何か大きな壺のようなものを高く掲げると、壺から強い光が溢れた。

「ルリ、あの場所まで盾を繋げて」

「うん。行くよ！」

泥ライダーでルリの盾を滑り落ちるように急降下する。

「きゃあああ」

あまりの勢いに叫び声を上げてしまったけれど、無事代官の近くに着陸する。

「うぷっ」

浮遊感でお昼に食べたスープを戻しそう……。

相当大きな音と声を出しながら着地したのだけれど、代官は私の存在に気付いていないようだ。

後ろを向いたままこちらを振り向きもしない。この人、本当にあの代官なの？

髪は白く変色、身体も一回り縮んだような気がする。一体この短期間に代官に何があったの？

「誰だ！」

ようやく私の存在に気付いて振り向いた人物は確かに代官だったけれど、顔は老人のように深い皺に刻まれ一気に三十年ほど年老いていた。その変わり果てた風貌に驚いて後退りしてしまう。

「代官……」

「小娘！　こんなところまで私の邪魔をしに来たのか！　だが、もう遅いぞ。私にはこれがあるのだ！」

代官が掲げた壺は今までに見たこともない数の魔石がぎっちりと埋め込まれていた。

壺を掲げたまま代官が唱え始めると、生気を吸われるかのように魔力が壺へと移動するのが見えた。代官の顔の皺が一層深くなり壺を持つ手は骸骨のように細くなると、再び地面が揺れ始めた。

「何をちてるの！　やめて！　『泥だんご』」

壺を持つ手に泥だんごを当てる。手に持っていた壺が地面に落ちると、真っ二つに割れた。

「何をする！　小娘！」

歯を剥き出しに怒鳴る代官の目は白く変色していた。あの壺に魔力だけでなく生命力も奪われているようだ。たぶんもう視力も失っているのだろうけれど、本人はそれにすら気付いていないのか憤りながら地団駄を踏み始めた。

割れた壺からおどろおどろしいヘドロのような黒い泥濘がゆっくりと流れ、代官の周りを中心に黒い泥濘が泥濘を作りながら侵食し始めた。

泥濘に触れた木はすぐに枯れると、何かウネウネと動き出した。

——何、あれ……。

「あれ、危ないの！」

ルリが逆毛を立てながら黒い泥濘を威嚇《いかく》する。

泥を投げ泥濘を攻撃してみたけれど、吸収されるだけだった。

「泥濘が大きくなってきてる」

ルリが急いで盾の魔法で泥濘を囲むが、盾が押し返されているようで苦しそうに顔を歪《ゆが》める。

「凄い力なの」

そんなことをしていると、辺りから軋《きし》む音が広がり地面が少しずつ傾いていくのが分かった。

「危ない」

地面に手を付け、今まで放出したことない量の魔力を地面に注ぐ。

地面は雨の影響で泥になっている部分が多い。これだったら操れるはず。でも、もっと魔力を注がないと広範囲には行き届かない……。

「もっと、もっと、もっと——」

木が倒れる音がして地面が山腹に流れ始める。

「ルシアはルリが守るの！」

ルリが、私たちの周りに守りの盾の魔法を展開する。

地面に追加の魔法を注ぐと額から汗が流れた。大丈夫、絶対に止められる。

代官が立っていた場所が崩れると、彼はそのまま土砂に巻き込まれ落ちていく。ルリの盾で囲まれていた泥濘も一緒に波に飲まれていく。

「おい！　助けろ！　おい、お――」

代官の声が遠くなっていく。助けたくないわけではないけれど、今はその余裕がない。倒れた木が私たちを守るルリの盾にぶつかる音がする。

もう少し、もう少し力を……。

そう願うと、女神様の声が聞こえた。

『ルシア、内なる魔力を開放しなさい』

内なる魔力とは一体なに？　女神様、分からないよ。

目を瞑ると父、バネッサ、ネイサン、ジェイク、ロン、ティルム、それから領民たちの顔が脳裏に浮かぶ。内なる魔力が何か分からないけれど――。

「みんなを守らないと」

そう強く願い目を開けると体の芯から湧き水の如く魔力が溢れてくるのが分かった。

ルリが目を見開きながら言う。

「ルシア、光ってる！」

「え？」

地面に突いた手を見ると青く発光していた。光は徐々に強くなり、私の手の平から山全体に浸透し広がっていくのが伝わる。

泥流、それから地中深くまで私の魔力が浸透する。そのおかげでルリが盾の魔法で囲んだ黒い泥濘、土砂の町への進行、それから代官の位置も把握できた。

——これならきっといける。

すでに町に向かって進行していた泥流を止めると、魔力が引っ張られる感触が手の平から伝わり、それを抑制するのに大量の魔力を注いだことで青筋が手から腕に上った。

ルリも真剣な表情で泥濘を囲う盾に魔力を注ぎ、黒い泥濘が広がるのを阻止している。

「ルリ、ありがとう」

「あの黒いドロドロ、そろそろ抑えられないの」

「うん。任せて！」

力を込め、泥流を山に引き戻す。発生前と全く同じ場所までは引き戻せないけれど、ある程度引き戻すと泥をコンクリートのように固めた。応急処置だけど、他の緩い場所も同様に固め、これ以上の崖崩れや地滑りが起きないようにした。

地面から手を離すと、手にあった青筋も引いていく。

「後はあの黒い泥濘だけだよ。ルリ、行くよ」

泥ライダーにルリと乗り固まった土砂の上を駆け降りる。高さは怖いけれど、泥ライダーの扱いは今までで一番コントロールできている。

黒い泥濘のある麓まで到着すると、ルリの盾の魔法が黒く浸食されていた。

「これ、どうしよう……」

「ルシア、もう盾が崩れるの」

ルリの盾が溶け落ちると、黒い泥濘が中からボコボコと音を立て飛び散り、近くを走っていたリスを取り込む。

黒い泥濘に侵食されたリスは少し痙攣《けいれん》した後に起き上がると、豹変《ひょうへん》した表情で唸る。

「リスが魔物になったの」

「え？　そうなの？」

「お話できない魔物。危ないの」

魔物を実際に見たことはなかったので私には違いは分からない。でも、ルリは魔物とも会話ができると言っていたが、この魔物との意思疎通は不可能だという。

リスがあからさまにこちらに敵意を見せて今にも襲い掛かってきそうだ。

まさか……。これって女神様が言っていた瘴気なの？

ルリが尻尾を地面に打ち付け、リスを威嚇している間に唱える。

「『泥檻』」

無事に魔物化したリスを泥檻に捕獲したのはいいけれど、凄い暴れようだ。泥檻が左右に激しく揺れる。

触れるものをこんなに変貌させてしまうのなら、瘴気であろうがなかろうがあの黒い泥濘は危険だ。

もう一度、泥だんごで攻撃してみるが、反応は薄い。

「ダメかぁ……どうちよ」

攻撃は効かないとなると、これ以上あの黒い泥濘が広がらないために封じ込めることしかない。

これ以上、あのリスのような犠牲を出さないためにも、魔力を集中させ大量の泥で黒い泥濘を囲み広がらないようにする。徐々に中心へと黒い泥濘を集め、やがて大きな球にしてすっぽりと黒い泥濘を包む。

できあがった泥球は大人の身長の二倍ほどの大きさがあり、中で反発する黒い泥濘を抑え込むのに苦労する。

黒い泥濘と戦うこと十数分、私の魔法と混じり始めると、ほんの少しだが黒い泥濘も干渉できるようになる。このまま両方とも小さく固めてみよう。

時間は掛かったけれど、サッカーボールくらいの大きさまで球を小さくすることができた。

液体は魔力で圧を掛けることでずいぶん量が減った。でも、それだけでは不安だったので外側をルリの盾で固めた。

「これで大丈夫だと思うけれど、これはどうすればいいの？」

泥球を地面に埋めようかと考えていると、空が明るくなり女神様が降臨してきた。

ルリが興奮しながら後ろ足をジタバタする。

「女神様だぁ。ルシア、女神様なの！」

「う、うん」

女神様は相変わらずの演出が派手だ。

『そこまで派手ではないと思いますが……』

私の考えは女神様には駄々洩れだったことを忘れていた。なんだか女神様が少し拗ねているので、弁解する。

「そ、そこまでは悪くないと思います。すみません……」

『いえ……それよりルシア、よくやりました。無事に災害を回避、瘴気も封じ込め、これで厄災を退けました』

「やっぱりあれが瘴気だったんだ……」

『根源は呪いの魔道具の一種のようですね。よもや人が瘴気を作り出すとは……』

女神様曰くあの壺は魔道具の中でも呪いの魔道具であり、人の魔力を大量に吸わせて作ったものだという。

地面に落ちていた割れた壺の片割れを拾う。壺に埋め込まれた魔石は全て力を失ったようで白く濁っていた。

「こんなものを一体誰が……」

『あの者に尋ねるとよいでしょう』

女神様が代官に向かって指を差す。実はついでだったけれど、代官も泥の中から無事引き抜いて泥檻に捕獲して麓に置いていた。まだ生きているとは思う、でも鶏ガラのような姿に変貌している。

女神様はあえて人間の事情には関わりたくないのか、黒幕については自分たちで探せと言わんばかりにはっきりと教えてくれなかった。黒幕は代官の通信相手であった伯爵だと大体予想は付いているけれど……。伯爵の素性までは分からない。

「ルリは代官を癒やせる？」

「ダメだと思うの」

ルリが首を振る。代官は怪我をしているわけではなく、ただ魔力と生気が吸い取られているだけだという。それなら怪我を治すルリの癒やしの魔法は効かないよね。

でも、代官には色々と真実を問いたださないといけない。

『仕方ありませんね。証言できるほどには戻しましょう』

女神様が軽く手を上げると代官が意識を取り戻す。姿は老人のままだが、動くこともできるし、何より生きている。

女神様の姿を見た代官が手を合わせながら祈る。

「め、女神様……わ、私をお許しください。お許しください」

呟くように何度もそう祈る代官の姿に女神様が一言だけ語る。

『罪を背負い生きなさい』

女神にそう言われると代官は何度も頭を地面に付け、そのうち倒れるかのように眠りに就いた。

「えと、代官は大丈夫なのですか？」

『面倒なので眠らせているだけです。問題はないですよ』

面倒なのでって……私も別に代官と話すことはないのだけれど。

『ルシア、あなたの活躍で瘴気が世界に漏れずに済みました』

「私だけじゃないです。ルリもいたから」

『ルリ、あなたもよくやりました』

「女神様、ありがとうございますなの」

ルリが照れながら拙い敬語を使う。

『ルシア、あなたは褒美として何を望みますか？』

「え？　褒美？」

そんな話は以前はなかった。私の存在の存続か消滅の選択肢と魔力マシマシが今回の事前褒美だと勝手に思っていた。

『期待以上の活躍への敬意ですよ。さぁ、望む褒美を言いなさい』

望む褒美……そんなこと急に言われてもなぁ。私が必要なこと——そうだ！

「複数あってもいいですか？」

『それは内容にもよりますが、何を望むのですか？』

「一つは魔法を与えられなかった領民に魔法を与えてほしいことです」

『それなら、きちんと儀式をすれば授かります』

「へ？　そうなのですか？」

どうやらあの神官は賄賂を渡さない領民の儀式を適当にしていたらしい。私の儀式の時のあの妙な変な踊り……あれは本当に儀式だったのか疑問だった。

「私の儀式……あれも適当だったということですか？」

『あのふざけた踊りは儀式ではありません』

やっぱりそうか……。

「でも、どうして私はあれで魔法を授かったのですか？」

『本当の私の像に祈ったこともありますが、像の近くにあった本当の宝玉を使用したからでしょう。どちらにしてもルシアには魔法を授けていましたが』

教会の裏で拾った適当な岩で変な踊りを見せられた似非《えせ》儀式に父はお金を払ったのか。返金してほしい。

「じゃあ、もう一つの願いはこの領地を作物がたくさん育つ豊かな土地にしてほしいです」
『あまりに豊かな土地は争いを生みますが……今よりか幾分作物が育ち天候のよい日が多い土地柄にしましょう』
「はい。それでお願いします」
『他には？』

まだお願いしていいってことだろうか？　それならば――。

「父やバネッサたちがこれからも健康でいてくれることを願います」
『それならエミリオ・グランデスとその周辺の者に強い身体を授けましょう』

女神がそう言うと、ルリが淡く光り少し成長する。

「ルリ、強くなったの！」

成長したルリは身体が少し大きくなり、背中に可愛らしいハート形の模様が浮かび上がった。

「ありがとうございます」
『他に願い事は？』

サービス旺盛ですね。でも、他の願い事が正直思い浮かばない……いや、ひとつだけある。

「あ、この固めた球を処理してほしいです」

『そうですね。今のままでも十分ですが……』

女神様が手を上げると、瘴気を封じ込めた泥の球が手の平サイズまで小さく圧縮される。その後、女神様の光で何重にもコーティングされると地中深く沈んでいった。

『これで千年は封印されました』

「ありがとうございます」

千年後、私はいないし……何かあったら女神様がどうにかするだろう。

『それではルシア、これからは自分が好きなように生きなさい』

女神様はそう言うと、光りながら姿を消した。たぶん、今世で会うのはこれが最後なのだろう。そんな気がする。

「本当、最後までエフェクト効果が凄い……」

なんだか少し身勝手な女神様だったけれど、もう会えないのだと思うと寂しくなった。

少し大きくなった手でルリが私の手を握る。

「ルシア、ルリがいるよ」

「うん。そうだね。ありがとう、ルリ」

これで無事に終わったんだ。

全ての土砂を引き戻したつもりだったけれど、土砂の一部は流れ木々が押し倒されていた。

もしかして領地の畑まで到着しているかもしれないけれど、見る限り町は大丈夫そうだった。

それはちゃんと山の上から確認した。

泥艦に入れた暴れるリスを眺めため息を吐く。

「リスのことも女神様にお願いすればよかった……」

どうやって家に帰ろうかと悩んでいたら、遠くから領民が私を探す声が聞こえた。あれはアルフとクリスだ。

「ルシア様ー！　おーい！」

「ここです！」

私を見つけて笑顔になっていた二人の顔が、山を見て引きつる。

「山が固まっている……？」

「こりゃ、どうなっているのだ？」

しばらく唖然《あぜん》としていた二人だったが、我に返ったアルフが空に向かい光の玉を放つ。光の玉は上空でパンと割れ煙を上げた。場所を知らせる魔道具のようだ。そんな魔道具があるんだ……。

「あー、ルシア様が無事でよかった」

クリスが座り込みながら言う。

「領主様が心配している。すぐに騎士様たちとこちらに到着するはずだ」

「騎士様？」

「ああ、第一王子様がこの町のために騎士様と兵士を送ってきてくれたんだ」

よかった、無事に到着したんだ。

第一王子の騎士が到着したのなら、代官の後始末はお願いできる。

クリスが自慢げに言う。

「これで逃げた代官もすぐに捕まるさ」

「えと、代官ならあそこに捕まえています」

「へ？」

アルフとクリスが声を揃え、代官の変わり果てた風貌に唾を呑む。

二人が固まっていると蹄《ひづめ》の音が聞こえ、兵士と共に父が到着した。

「ルシア！」

父がジェイクの後ろに乗っていた馬から転げ落ちるように降りると、涙を浮かべ全速力で走ってくる。

「お父さま――」

「ルシア！　どれだけ心配したと思っている！」

耳がキーンとするほど父の怒鳴り声が山に響いた。初めて父の怒った声を聞いた……。

「ごめんなさい……」

謝るとなぜか感情の制御ができず、涙が次々と瞳から溢れ出した。

そんな私を見て、いつものようにオロオロした父は私をギュッと抱きしめた。

「怒鳴って済まない。あんな土砂にルシアが巻き込まれていると思ったら私の寿命が縮んだよ。ああ、無事でよかった」

私を抱きしめる父の手が震えていた。こんなに心配を掛けるつもりはなかった。どこか楽観的だったのかもしれない。結果的に無事だったけれど、父をこんなに心配させたことを心から反省する。

「本当にごめんなちゃい」

ポロポロと抑えきれない涙で、しばらく泣きながら何度も謝る。

そのうち涙が枯れると、周りに人がいるのを思い出した。注目されているかもと恥ずかしくなり下を向いてしまうが、ジェイクや兵士たちは私ではなく山を見上げ唖然としていた。泥魔法で固めた泥の部分は他の部分に比べて白く、魔法の力が使われていることは誰が見ても一目瞭然だった。

兵の中で一際大きく赤い髪の四十代の男性が父に声を掛ける。

「子爵、令嬢が無事でなによりだ」

「騎士殿、ありがとうございます」

この人が、クリスの言っていた騎士様か。騎士は私に一時視線を移したが、すぐに逸らし言葉を続けた。

「これほどの範囲の魔法。私は今まで見たことがない。これはいかように報告すればよいのか……」

「可能なら娘は手元で育てたい」

「殿下はそのようなことをなさるお方ではない。だが、済まない、私はただの一騎士である」

たぶん、私の力が巨大すぎたのだろう。父とルリが私の手を繋ぐ。

「ルシア、大丈夫だ」

まるで父が自分自身に言い聞かせるように力強く言う。

それから騎士が例の瘴気に侵されたリスを見て、眉間に皺を寄せる。

「元凶となった魔道具は完全にその機能を失っているようだが……このリスと同じ変異体がいないか念のために山を全て捜索する」

その後、騎士と兵士は領民の手を借り、山を数日に亘り捜索したが瘴気に晒《さら》されたものは見つからなかったそうだ。


領主邸に戻るとバネッサ、それからメイソンまでにも散々怒られてしまう。

もう、本当にごめんなさい。

驚いたのは第一王子が送ってきた騎士はアルバートといい、ロンの実父だったことだ。ちなみにジェイクも騎士であり第一王子の側近の一人だという。

山の捜索が完了した次の日、アルバート騎士はジェイク、それからロンと共に捕縛した代官、代官の使用人たち、それから神官を王都へと護送した。

使用人たちは全員、隣国の者だと聞いた。そこでは獣人は差別されているそうだ。バネッサへのあからさまな差別はそういうことだったのか。

神官は、あの土砂崩れの混乱に乗じて教会から金品を運び出して逃げようとしたところを領民によって捕まったという。殴られて顔が腫れていたけれど、自業自得すぎて何も言えない。

ドワーフの三人はすぐに国に帰ることを希望したため、ジェイクたちと一緒に王都へと向かうことになった。ドワーフは頑丈な種族なのかあっという間に回復したので王都までの馬車の旅も問題はないと思う。

「ルシア嬢、また王都で会うでしょうが、その時まで暫《しば》しの別れです」

ジェイクは軽く微笑むと飴玉がたくさん入った袋を差し出してきた。

「こんなに？」

「食べすぎると虫歯になるので気を付けるように」

「ありがとうございます」

「お嬢、また会おうぜ！」

ロンが馬に跨りながら挨拶するとアルバート騎士がため息を吐く。

「お前はそんな荒っぽいからいまだに婚約者もいない」

「俺は騎士になるまでそういうのはいらないって言っているだろ！」

「そういうことではない。挨拶くらいきちんとできないのかということだ」

「分かったよ」

ロンが拗ねた子供のように馬を降り別れの挨拶をしたので思わず笑ってしまう。

「あ、お嬢！　笑ったな！」

「気を付けて旅してくだしゃい」

「クク、お嬢のその赤ちゃん言葉、次回会うまでに直っているといいな」

「もう！」

「よし、出発するぞ！」

アルバート騎士が手を上げると護送の馬車が動き出す。中に乗る代官と代官の使用人たちを遠くから目で追うが、観念したのか、全員が静かにしている。

アルバート騎士たちは代官だけを護送するつもりでやって来たが、思わぬ大所帯に馬車の準備がなかった。今回使用している馬車は領地から去った商人の置いていったものなので傍から見たらただの幌馬車《ほろばしゃ》だ。

証拠として瘴気に当てられたリスも連れて行かれるが、飲まず食わずでもいまだに暴れている。瘴気って本当に怖い。

馬車が見えなくなるまで見送ってから振り向く。

「お父さま、これからが大変です！」

父は後日、領民を全て集めた会議を開いた。

会議では、今回の事件の詳細の説明、今まで領民が受けた仕打ちへの謝罪、それから今後の領地の方針などを話した。

領土の方針の一つには、奴隷だった獣人たちを領民として受け入れる項目もあった。

ティルムを含む奴隷だった獣人十五人の全員が領民となることを希望していた。これに対しては領民の一部から不安の声もあったが、殆どの領民は受け入れに賛成だった。

その後、畑に流れ込んでいた土砂の一部を取り除く。領民会議の翌日に雨が降っていたおかげで土砂は殆ど泥状になっていた。

「私の出番だね！」

「ルリも！」

ルリが穴を掘りながら言う。

ルリは成長してからよく穴掘りをするようになった。そのせいか領主邸の裏には落とし穴だらけだ。ルリは掘ればサツマイモのようなお宝が出てくると思っているようで、ここ掘れワンワン状態が続いている。

「ルリ、穴掘りは領主邸の裏だけだよ」

「もう少しだけなの！」

結局、ルリが掘った大きな穴を泥魔法で埋め固める。

「次に大きな穴掘ったら、サツマイモ一日禁止にしちゃうよ！」

「それはイヤなの！」

「冗談だよ！」

土砂除去作業は私の泥魔法のおかげで想定していたより短時間で済んだ。

領民は、私が次々に泥や木々を魔法で畑から持ち上げる姿に目を丸くしていた。ルリも土砂と共に落ちてきた無数の小石を集める作業を領民と手伝ってくれた。

「畑は綺麗になったけれど、作物は……」

土砂に巻き込まれた作物の殆どがダメになっていたのは残念だった。来年また育てるしかない。

父がダメになった畑を数えながら唸る。

「倉庫に保管されている作物があるからこの冬は大丈夫だろうが、資金調整をしなければ」

蓋を開けてみるとサンゲル領の資金は底をついていた。父は領地に来る前に一時金を貰っていたがそれだけでは量は到底賄えない。

神官が持ち出そうとしていたお金や魔道具などは回収できたが、思ったより額が少なかったという。神官をみんなで問い詰めてみたらしいが、もうすでにお金は使ったと言っていたという。

代官の使用していた別邸は、いまだに貴族である代官の私物扱いされている。本当に理不尽なのだけれど、まだ手を付けることはできない。

「お父さま、それならルシアに当てがあります」

「当て……?」

父をギラギラ教会へと連れていき、「女神教」と書かれた看板を指差して言う。

「あれです。あれを剥がして売り飛ばしましょう。あんなギラギラしたものはこの町にいりません」

後ろから付いてきた領民の数人が笑いを堪えきれず噴き出す。

「お嬢様はなんでもありですね」

「お嬢様の言う通り、これは剥がしましょう」

領民もこの看板に対して思うところがあったようで、満場一致で看板を売り飛ばすことが決まった。

残念だったのが看板は金ではなく金張りだったことだ。それでもあの大きさだ、売り飛ばせばそれなりの資金になるはずだ。神官が集めていた教会の中の変わった趣味の絵や陶器は売れるかどうか分からないけれど……誰かが購入してくれることを期待する。

教会で売れるものを物色に集中していると、いつの間にかルリが傍から離れていた。

「ルリー？　ルリ、どこ？」

大声で呼んでも返事しないルリが心配になり、教会の外を探すとすぐに見つかる。教会の裏で穴掘りに興じていたルリを注意する。

「ルリ……掘るのは領主邸――」

「ここに何かあるの！」

ルリが掘っていた穴から麻の布が見えた。さらに掘り進むと鉄の箱が現れた。中を開けて口角を上げる。そこには、金貨と宝石が入っていた。

「ルリ、お手柄だよ！」

「お手柄なの！」

早速、父に見つけた鉄の箱を見せる。

「お父さま、見てください。ルリが発見した資金です」

「こ、これは」

神官が隠した財産だろうと思うけれど、父はそれを全て領地の再生に投資することを決めた。元々領民のお金なので還元するだけだ。

今日の夕食には炊き出しをした。

炊き出しのポトフを食べながら辺りを見回す。領民の表情はこの数日で活気があるものに変わっている。獣人たちの怪我もルリのおかげで治りが速く、数人の獣人は町の復興に少しずつだが参加をしている。人族の領民との関係性も今のところは問題なさそうでよかった。

ルリが私のポトフのボールを覗き、目を見開く。

「このポトフにサツマイモが入っているの！」

「ルリのもあるよ」

「本当？」

「うん。今回の功労者になんと特別にサツマイモだけ入れたお皿を用意してもらったよ」

大盛りサツマイモポトフが載った皿を見せると、ルリが飛び上がりながら喜ぶ。

「やったの」

「まだ熱いからもう少し冷ましてからね」

ルリがフーフーしてサツマイモを食べる姿を眺めながら、これからの領地復興について考えた。

ルシア、王城に呼び出される

土砂と瘴気の事件から一か月後、第一王子の命で父と共に私となんとルリも王城に呼び出された。今回の事件の顛末《てんまつ》と代官の罪への判決が下されるという。父は証人尋問で召喚された。

王都までまたつらい馬車の旅かと思っていたが、今回は第一王子の計らいで転移の魔法を使う配下を領地まで送ってくれるそうだ。

転移の魔法……そんな魔法を授かるのは珍しいらしく、一か月に使用できる転移の回数が二回と制限の掛かっている属性らしい。

父が不安な表情で尋ねる。

「ルシア、もし王城が嫌なら行かなくてもいいのだよ」

父は私のマシマシの魔力が露見すると、王族に利用されるのではないかと憂いている。

私が山から流れた土砂を固め、山を補強した現場も領地に援軍で訪れた第一王子の騎士と兵士が目撃しているので逃げようがないと思う。

「ルシア、王城楽しみです」

「ルリも王城楽しみなの！」

王城を訪れたことないから楽しみにしているのは本当だけれど、この証人尋問は他の大勢の貴族の前で行われるらしいので、それは少し緊張している。父は朝から何度もトイレに行っているから、たぶん同じように緊張しているのだと思う。

第一王子はルリを私と同じ幼女だと思っていると思うので、その辺の誤解も先に解く必要がある。

第一王子の配下がサンゲル領に到着する。

父が先頭に立ち、馬車から降りてきた第一王子の配下に腰を折る。

「シトラス殿、長旅ご苦労様です。サンゲル領へようこそ」

「サンゲルの領主、手厚い出迎えを感謝する」

シトラスさんは小柄の黒髪の長い可愛らしい女性だった。この人が転移の魔法を使う人だという。

「殿下が早急に子爵殿たちをお連れするようにとのことです。準備はできていますか？」

「長旅でしたが、休憩されませんか？」

「私は問題ありません」

父と目を合わせる。私たちはてっきり到着後は少しの休息をしてから転移するものだと思っていた。

王城へ向かう荷物はすでにまとめているので問題はない。

「承知した。まとめた荷物を持ってきますので少々お待ちください」

父が荷物を取ってくる間、ルリの首にレースのハンカチを巻く。ルリも王城に行くのなら服が着たいという要望に応えたものだ。メイソンが作ってくれたルリ用の小さな帽子は私の荷物の中に一緒に詰めている。

シトラスさんがルリを凝視しながら尋ねる。

「その子——動物も一緒に連れていく予定なのですか？」

「はい。この子はルリです」

「え？　この子がルリちゃんなの？　殿下からは子供が二人だと伝えられていたのですけれど」

シトラスさんが首を傾げながら呟くと、ルリも一緒に首を傾げた。

「クッ、可愛い」

あ、シトラスさんはたぶん動物好きだ。よかった。ルリも問題なく転移させてくれそうだ。

父が荷物と共に戻ってくると、バネッサとメイソンに暫しの別れの挨拶をする。今回、二人は王城に招待されていない。私たちの身の回りの世話は王城の使用人が担当するという。

「ルシア様、きちんといい子に……無理は禁物ですよ。あと好き勝手に王城を走り回るのもダメです。旦那様の言うことをちゃんと聞くように」

「はーい」

全員が揃ったところでシトラスさんが頷く。

「それでは転移します。私の周りに集まってください」

ルリと荷物を抱えた父と共にシトラスさんの隣に立つ。

「シトラス殿、よろしく頼みます」

「では、行きます。『転移』」

シトラスさんが転移を唱えると地面に緑色の大きな円が現れ、バネッサたちが薄くなって消えていく。驚いているルリと手を繋ぎ、目を瞑る。

「着きました」

え？　もう着いたの？　ゆっくり目を開けると真っ白な部屋にいた。

「ここが王城なのですか？」

「皆様が今回滞在される離宮です」

窓の外を見ると本当に王城があった。転移の魔法凄い。

「シトラス様、凄いですね」

「そうですか？　ありがとうございます」

離宮の家具はゴージャスなものばかりで、取り扱いに気を付けないといけない。壊してしまったらと思うと怖い。

シトラスさんに部屋へと案内される。ルリと私は同じ部屋で、父は私の隣の部屋に荷物を下ろした。

「証人尋問は明日ですが、本日中に個別でブラッドリー殿下との謁見の席を設けております」

先に第一王子と会えるのはルリのことを説明できるし好都合かも。

「ふ、二人もですか？　かしこまりました」

「その際、ルシア様とルリ様にも同席をするようにとのことです」

「かしこまりました」


夕方、騎士に第一王子の私室へと案内される。

ルリは急に恥ずかしくなったのか私の後ろにぴったりと身体を付けた。

ラフな格好で座る男性は、二十代前半くらいで琥珀色の長い髪をしている。彼はエメラルド色の瞳でこちらを見ると少しだけ口角を上げた。

この人がブラッドリー王子か。女神様とは違う雰囲気の美男子だ。

ブラッドリー王子が人払いをすると父が膝を突き臣下の挨拶をしたので、私も父の後ろで家庭教師に習った淑女の礼をする。後ろにいたルリも私の真似をして礼をしたが、たぶんブラッドリー王子からは見えていない。

「エミリオ、久しいな。今回は大変であったな」

「私が至らなく――」

「そういうのは必要ない。今回は私の考えが甘かった。まさかあのような魔道具まで持ち出してサンゲルの領ごと葬ろうなどという愚行に走るとは……とにかくそなたも国民である領民も被害に遭わずよかった」

「殿下のお心遣い、ありがとうございます」

「そこで立っているのもなんだ、座ってくれ」

父の後ろについて歩くとブラッドリー王子から凝視される。

「この子供がルシアか。声の印象よりずいぶん幼いな。何歳になる？」

「三歳です」

「そうか。ん？　その後ろの動物はルシアの愛玩犬か？」

『犬じゃないもん！』

ルリの声が頭に響く。

「ルリです。犬ではございません」

「ルリとは……もう一人の子供の名であろう？　同じ名前なのか？」

ルリを見て頷く、通信の魔道具を経由してルリの存在はすでにブラッドリー王子に知られている。

「いいえ、通信の魔道具で話をしたルリです」

第一王子が父に確認するように視線を移し、目を見開く。

「ほぉ、本当の話なのか」

「本当にございます」

「そこまで言うのなら、ルリよ、何か喋って見せよ」

ルリはブラッドリー王子に注目されるとモジモジしながら呟くように自己紹介をした。

「ルリなの」

「おお、本当に動物が喋るとは。これはまるで伝承にある――ん？　まさか本当に聖獣なのか？」

黙る父と私にブラッドリー王子が悩ましいため息を吐けば、ルリが私の手を繋ぎ言う。

「ルリはルリなの」

「ふむ、聖獣はすでに主を決めたようだな。エミリオ、お前の娘は女神に愛されているのかもな」

「は、はい。私にはなによりも愛しい娘でございます」

「ああ、魔法の面でも末恐ろしい力を持っていると報告されている。山崩れを元に戻したとあるが、ルシア、これは事実か？」

父が私の代わりに答えようとしたが、ブラッドリー王子が手を上げ止める。なんて答えるのが正解なのだろう。ブラッドリー王子は優しそうだが、王族だ。きっと私たちを吟味している。正解を間違えないように答えないと……唾を呑み、口を開く。

「も、元に戻したわけではありまちぇん」

しまった。大事なところなのに噛んでしまう。顔が熱くなるのが分かった。もう、こんな大事な時に！　自然と涙目になるとブラッドリー王子が静かに笑う。

「エミリオ、そなたの娘は可愛いな。私にくれないか？」

その発言に部屋の中が一気に静かになる。すぐに、父が動揺した顔で反論しようとする。

「そ、それは――」

「冗談である。そなたにそんなことをするわけないだろう」

「は、はは。はい」

父、完全にブラッドリー王子の手の平で踊らされている……。

ブラッドリー王子が私を抱き上げ隣に座らせるともう一度尋ねた。

「それで、元に戻したわけではないとはどういう意味だ？」

「……流れる土砂を山に固めただけです」

「あの広範囲の土砂をか？」

「はい」

「そうであるか。では、領民の証言にあった尊い光が山に下りたとはそなたの魔法のことか？」

たぶんそれは女神様の演出の光だと思う……。

でも、領民へのそんな聞き込みをいつの間にしたのだろうか。ここは誤魔化そう。聖獣ですらインパクトが強いのに女神様の降臨なんて知った日には私が神殿に閉じ込められそうだ。

「光なんてあったかなぁ。魔法に集中していたので分かりません」

「代官であったジョセフは女神が降臨したと証言していたそうだが、何か知らないか？」

代官！　余計なことを証言して！

「私の魔法の人形かも……」

女神様、ごめん。

「ほぉ、泥魔法の使い手という話だったな。では、その泥魔法とやら見せてみよ」

確認のために父を見るが、ここは魔法を披露しないといけないようだ。

座っていたソファから立ち上がり、唱える。

「『泥人形《ゴーレム》』」

今回はちょっと女神様に似せた等身大の泥人形を登場させた。

ブラッドリー王子が興味深そうに泥人形に触れ、手に付いた泥を眺める。

「繊細な造りだが確かに泥であるな。これほど大きなものだとそれなりの魔力値――」

「では動かしますね」

「は？」

女神様似の泥人形にハワイアンダンスを踊らせる。別の動きもあったと思うけれど、なぜかこの踊りしか思い浮かばなかったのだ。泥人形の横でルリが見よう見真似で前足を動かしながらハワイアンダンスを踊っているのがとてもシュールだった。

暫しの沈黙の後、ブラッドリー王子が口を開く。

「エミリオ、そなたとは話すことが増えたな」

「は、はい」

父が額の汗をハンカチで拭きながら苦笑いをする。ちょっと、やりすぎたかもしれない。でも、すでに私の魔力値が高いであろうことは報告されていたはずだ。

その後、父だけが部屋に残り私とルリは退室するように言い渡される。明日の証言の打ち合わせを個別に父とするということだった。

夕食はゴージャスな料理ばかりで、とても食べきれない量が部屋へと運ばれてきた。ルリはフルーツ、私は食用花をちりばめた鶏や『泳ぐ魚』という青いゼラチンに固められた何かの肉を堪能した。

食事が下げられ、窓から王城を見ながら少しため息を吐く。食事は確かに豪華だったけれど……。

「バネッサのスープが食べたいなぁ」

「ルリもサツマイモが食べたいの！」

「ルリ、実はサツマイモなら持ってきたよ！」

「本当！」

鞄《かばん》をもそもそ探弄《いじ》り、奥の方に忍ばせていたサツマイモの袋を取り出し、ルリにサツマイモを渡す。

「どうぞ」

「やっぱりこれが一番なの！」

ルリが口いっぱいにサツマイモを含みながら言う。

明日は王族と貴族の前での父の証人尋問だ。ブラッドリー王子の部屋を退出する前に「伯爵が――」となんだか不穏な会話が聞こえたけれど、ブラッドリー王子はまるで勝利を確信したように何も焦っていなかった。明日はきっと大丈夫だろう。

◇◇

父の証人尋問と元代官の判決の日、緊張からか朝早く目覚めてしまう。

またもや豪華な朝食の後に王城の使用人に着替えを手伝ってもらう。今日のドレスはブラッドリー王子が用意したものだという。淡い青色にレースがあしらわれた豪華なふんわりとしたドレスだけれど、コルセットで締められ着心地はいまいちだ。

ルリはいつもの首飾りとメイソンの繕ってくれた帽子にレースのハンカチを首に巻かれていた。ブラッドリー王子の命令で、今日はルリも謁見の間への入場を認められている。

準備の終わった父と証人尋問がある謁見の間へと向かう。父は昨晩眠れなかったのか目の下に隈ができている。

「証人、エミリオ・グランデス子爵並びにグランデス子爵令嬢、それからルリ様のご到着です」

扉の前にいた騎士が大声で私たちの名前を知らせる。

謁見の間が開かれると、貴族たちが全員振り向き注目される。その瞳からは様々な思考が読み取れた。興味、楽観、緊張、同情、懐疑、蔑み……そんな目で見られながら部屋の中心へと向かう。ルリに眉を顰める者もいたが、きちんと名前を告げられていたからか苦言を呈する者はいなかった。

謁見の間は広いホールのような場所で、装飾はやはりとても豪華だった。玉座に座るのはブラッドリー王子をイケオジにしたような四、五十代の男性、この国の王様だ。第一王子と第二王子が王位継承権を争っているということだったので、王様は具合がよくないのかと勝手に思っていたが、見る限り健康そのもので威厳は健在だ。

王様の右側にはブラッドリー王子、それから、左側でこちらを睨む十代後半の栗色で直毛のおかっぱ頭をした青年が、たぶん第二王子だと思う。

部屋の端には、白髪老人となり果て、両手足を鎖で鉄球に繋がれた元代官ジョセフがいた。ジョセフの両隣では騎士が目を光らせていた。父曰く、事件を経て、ルーグルト侯爵家からは縁を切られたというが、ジョセフ本人はなんだか晴れやかな顔をしていた。

父はきっとこの状況に胃をキリキリさせているだろうと隣を見上げると、やはり顔色はよくない。

小声で父に声を掛ける。

「お父さま、大丈夫ですよ」

「ああ、もちろん大丈夫だ」

父と共に王様の前で臣下の挨拶をする。

「グランデス子爵、貴殿の活躍はブラッドリーから耳に入ってきている。本件では嘘偽りない証言をすることを誓うか？」

「誓います」

父がそう宣誓すると、騎士から証人席へと案内される。

別の騎士が今回サンゲル領で起こった事件を細かく解説していく。正直、詳しく調べすぎていて怖いほどだった。

でも、私が山の泥を固めたことなどへのハイライトは短く、サラッと流された。ブラッドリー王子の配慮だろうか。焦点は主に税金の横領、ドワーフの奴隷、魔道具で領地と国民に被害を与えようとしていたことに当てられた。

私がやったことは父に置き換えられていた部分も多かった。父はこのことをすでにブラッドリー王子から聞いていたのか、無表情で騎士の解説に耳を傾けていた。

その後、父の証言も終わる。ほぼ、騎士が説明した内容の復唱だった。

騎士がジョセフに尋ねる。

「ジョセフ、グランデス子爵の証言に異論はないか？」

「はい。全てその通りでございます」

貴族たちがガヤガヤとする。

ジョセフはすでに戦う意志はないようだ。女神様に「罪を背負い生きなさい」と言われた言葉が響いているのかもしれない。

王が手を上げると貴族たちが静かになる。

「本来ならここでジョセフの判決を下すところだが……その前にブラッドリーから本件に関わることで重要事項があるというので聞こうと思う」

貴族たちが静かにヒソヒソ話をする。

重要事項……一体何が始まるのだろうか。

騎士が布で覆われたトレーを机に置くと、立ち上がったブラッドリー王子と目が合いウインクをされる。なんだか嫌な予感がする。

ブラッドリー王子がジョセフに向かって問う。

「ジョセフ、お前はこれに見覚えがあるな？」

机の上の布が捲《まく》られると、例の割れた壺の片割れがそこにあった。

「はい。それは私がサンゲル領を滅ぼそうとして使った魔道具の一部でございます」

「うむ。してジョセフ、お前、年はいくつになった？」

「三十六にございます」

ジョセフの年齢を知らなかった貴族が驚きの声を上げる。それもそうだ、ジョセフは今七十の老人に見えるのだから。

「そう、この老人が三十六歳だとは誰も思うまい。ジョセフは、術者の魔力と生命力を引き換えに発動する呪いの魔道具の影響を受け、このように変貌している」

貴族たちが再びガヤガヤとする。

「そして、こちらがその呪いの魔道具の片割れだ」

ブラッドリー王子が王と貴族によく見えるように、割れた壺の魔道具の片割れを持ち上げる。

「それでは騎士よ。新たな証人を通してくれ」

ブラッドリー王子がそう指示すると、五人の白髪の老人が謁見の間に通される。

「この者たちには共通点がある。全員実年齢は十代から三十代であり、呪いの魔道具に魔力と生命力を抜かれた者たちである」

老人に見える人たち全員、割のいい仕事として紹介されとある魔道具に魔力を注いだという。

結果、このような老人になり果てた挙げ句、最近では命をも狙われているという。

「ここ一か月に身元不明の白髪の老人たちが暴漢に襲われて亡くなっていることも調査で分かっている」

それは、明らかに誰かが証拠隠滅に走ろうとしたように思える。

貴族たちはヒソヒソ話をしているが、全員がこの話がどこに向かっているのか察しているようだ。

「騎士の説明にもあった魔道具の影響は地揺れだけでない。こちらを見よ」

今度は布が被せられた箱が運び込まれる。

「今は音を消す魔道具のおかげで声は聞こえないが、この箱の中に呪いの魔道具の影響で魔物になったリスが入っている」

後ろに座る貴族から「なんだ、リスの魔物か」という鼻で笑う声が聞こえた。

ブラッドリー王子が音を消す魔道具を解除すると獣の大きな遠吠えが箱の中から聞こえ、鼻で笑っていた貴族が息を呑む音がした。

箱が開けられると、私の泥檻に入れられたままのリスが大きく左右に揺れながら鋭く成長した歯を剥き出しにして威嚇する。以前見た時よりも醜悪な風貌になり果てたリスに同情する。

「この魔物は捕らえてから一か月以上もの間、飲み食いしていないにもかかわらず、この凶暴さだ」

あのリス、そんな環境でまだあんなに動けるの？　瘴気怖い。女神様が瘴気問題を早急に解決したかったわけだ。

「魔物を研究している者によれば、今まで見たこともない変異体だという。想像してほしい、今回、グランデス子爵がこの事態を止めることに失敗をしていたら――王国はこのリスのような魔物で溢れていたであろう」

貴族たちの注目が父に集まる。その瞳は入場してきた時とは違い好感を持つものが増えた。

だが一人の貴族からは他とは違う殺意のこもった視線を感じた。

――あれは誰だろう。

父よりも少し年上で座っている位置からもそれなりの地位の貴族だ。

「さて、では質問だ。この呪いの魔道具を誰が製造したかだが――これだけの魔石、作るにも購入するにもどれほどの資金が必要であろうか」

ブラッドリー王子の言葉に貴族たちが静かになる。

平民では到底手の届かない代物なので、自分たちが疑いを掛けられていることにザワザワする。

「それでは、ひとりひとり――」

「異議があります！」

静かな謁見の間に鳴り響いた声、この声には聞き覚えがあった。ジョセフと通信の魔道具で父の暗殺を企んでいた相手の声だ。

声の主を見れば先ほど父を殺意のこもった目で見ていたあの貴族だった。

「ラウル・オベリア伯爵、私の言葉を遮《さえぎ》るとはどういう了見だ」

「申し訳ございません。ですが、領地で起こったことはまずは領主の責任であると思います」

貴族たちもお互いに顔を見合わせながら、オベリア伯爵の指摘に頷く者もいた。

え？　領地の引き継ぎもしていない父の責任にするつもりなの？

ワナワナと怒りがこみ上げ伯爵を睨む。

「ほぉ。代官ではなく領主になって数日のエミリオの責任だと言うのか？」

「え、ええ。我々領地を賜る臣下にはその責任がございます」

「確かに一理あるな。エミリオ、お前はどう反論する？」

父が立ち、真っ直ぐ王とブラッドリー殿下を見る。

「確かに私の領地で起こったことでございます」

オベリア伯爵が勝ち誇ったように鼻で笑うが、父の次の言葉に目を見開く。

「そのためにも私は真実を公にし、王国の敵である逆賊が罰せられるまで追及する所存でございます」

父が頼もしい……。

なんだか父の言葉に感動してしまう。

「うむ。よく言ったぞ、エミリオ。では、今日その逆賊を明らかにしようではないか」

ブラッドリー王子の言葉に貴族がまたもや騒がしくなる。

「完全に効果音だ」

呟くと、ブラッドリー王子が私を見ながら笑顔を向けているのに気づく。あ、これは――。

「では次の証人、ルシア・グランデス子爵令嬢、前に来るように」

「へ？」

何も聞いていない。父はこのことを聞いていたの？　父を見れば私と同じように困惑した面持ちだ。これは、父も聞いていないパターンだ。

「グランデス子爵令嬢、どうしたのだ？　早くこちらに来るように」

「はい……」

ブラッドリー王子に促されて一人トボトボと証言台の前に立つが……台が高すぎて王様たちの顔が見えない。急遽私のために設置され椅子の上に登ると、ようやく王様たちの顔が見えた。

「殿下、これはなんの冗談――」

「オベリアよ、静かにしろ。令嬢の自己紹介が聞こえないであろう」

ブラッドリー王子から再びウインクされる。ああ、自己紹介しろってことですね。

こんなところで噛みたくはない……よし！

スカートの端を持ち淑女の礼をしながらゆっくりと自己紹介をする。

「エミリオ・グランデスの娘ルシアにてございます」

「よい自己紹介だ」

ブラッドリー王子が拍手しながら言う。これはなんの茶番だろうか……。

「ありがとうございます……？」

「それでは早速質問だ。令嬢、ずばりこの中に逆賊はいると思うか？」

「はい」

素直に答えると、貴族のガヤガヤがまた聞こえる。

「では、それは誰か指を差してみてくれ」

なんでこんなことをさせられているか分からないけれど、私が知っている限りこの中でジョセフ以外にこの件に関わっている人物は一人だ。

オベリア伯爵を指差す。

「あの人です」

「な、なんと失礼な！」

オベリア伯爵が眉間に皺を寄せ睨んでくる。

周りの貴族たちはどう反応していいのか分からずに困惑しているようだった。

ブラッドリー王子が続ける。

「なぜ、オベリア伯爵なのだ？」

「代官と通信の魔道具で話していた声と同じ声です」

私はそれから噛まずにジョセフとオベリア伯爵の会話を証言、最後に伯爵を再び指差して言う。

「あの人が父を亡き者にしようとした人でちゅ」

ああ、最後の最後で噛んでしまう。

一瞬顔を歪めたオベリア伯爵だったが、すぐに冷静さを取り戻す。

「そのような子供の戯言、よもや誰が信じるのでしょうか？」

「ほう。オベリアよ、同じ証言は一つではないぞ」

ブラッドリー王子がジョセフに視線を移し笑う。

「それならばその証言を聞きましょう」

オベリア伯爵はやけに余裕だ。ジョセフはもう観念していてなんでも吐いているはずだ。あの余裕の笑みはなんだろう？

『ルシア、あの人、手に何か持っているの。魔力が集まっているの』

『手に？』

『うん。嫌な感じなの』

ルリがクルルと声を出しながら言う。

絶対に何かする気だ！　そんなのダメ！

「『泥だんご』」

泥だんごでオベリア伯爵が手に持っていたものを弾く。

「わるちゃはさせない」

「ル、ルシア……」

父の声が聞こえ、王と貴族たちの全員から無言で凝視されていたのに気付く。

「ルシア、私の計画が台無しだがいい動きだ」

ブラッドリー王子が拍手すると貴族たちも釣られて拍手をした。なんだか変な空気になりいたたまれない気持ちになる。

ブラッドリー王子がオベリア伯爵から弾かれたペンを拾うと、王侯貴族に見せる。

「これは隣国の魔道具であり、わが国では使用が禁止されている殺しの魔道具――のレプリカだ。オベリアよ、しくじったな」

ブラッドリー王子が追加でペンに魔力を込めると、謁見の間にサイレンのような大きな音が鳴り響き貴族の数人が悲鳴を上げる。

「慌てるでない。私の仕掛けた音だ。オベリアよ、これは闇市で購入した後、ジョセフに使うつもりであったであろう？　レプリカなので「殺し」の機能はないのが残念だったな」

これ、オベリア伯爵が都合の悪い証言がされないようにジョセフを亡き者にしようと企んでいたということだよね……。

「そ、それは私のものではない」

「そうか。オベリアよ。まぁ、いいだろう。では、ジョセフの証言の続きを聞こうではないか」

ジョセフが再び証言台に立ち、オベリア伯爵を憐《あわ》れんだ表情で見ながら証言を始めた。

「子爵令嬢の証言は正しい。私はオベリア伯爵から指示を受けていた」

貴族たちの驚いた声の効果音が流れる。

「そんなのはジョセフの嘘だ！　そうだ、証拠が、証拠が何もないではないか！　罪人とまだオムツも取れていない子供の証言のみで伯爵たる私を断罪するなど、あってはならない！」

なっ！　オムツは取れています！

そう言い返したい気持ちをグッと抑える。

伯爵がもっともなことを色々と叫ぶが、貴族たちは懐疑的だ。

ブラッドリー王子がいくつも別観点での証拠を提出すると、オベリア伯爵の言い訳は激しく雑になっていった。

――さすがに言い訳がましい……。

なんとも言えない表情でオベリア伯爵を見ていると、睨まれる。でも、もうこんな人に睨まれても怖いとは思わない。

王もつまらなそうにオベリア伯爵の反論を聞いていた。時折第二王子が王に耳打ちをするが、蠅《はえ》を払うように邪険にされていた。

オベリア伯爵の言い訳が尽きると、王が口を開く。

「ラウルよ。そなたは本当に悪事を隠匿するのが上手く、尻尾を掴むのに苦労した。エミリオへの嫉妬が勝り精彩を欠いたな。よもや逆賊になろうとは……残念である。それでは、沙汰を下す」

オベリア伯爵は、王から貴族の爵位の剥奪と生涯の鉱山労働刑を言い渡されると、膝から崩れ落ちた。

第二王子が刑の軽減を訴えたが王は首を縦には振らなかった。隣国との関わり、ドワーフの奴隷、それに王国を滅ぼしかねない全ての事件に関わっていたのだ。

「極刑でないのが私の温情である。元代官ジョセフについては、生涯の男子修道院の独房で無期幽閉とする」

厳しい判断だけど、極刑にならなかっただけマシだと思う。

ルリが、私にしがみ付きながら尋ねる。

『酷いところへ行くの？　どんな場所なの？』

『そうだね。サツマイモが食べられない場所かな』

『酷い場所なの！』

ルリが本気で悲しそうにしているが、彼らの行くところはそれよりも酷い場所だ。

ブラッドリー王子が王に何か紙を渡すと、王が頷きながら続ける。

「最後にルーグルト家は侯爵から伯爵への降格とし、ジョセフの修道院での費用、並びにサンゲル領への慰謝料の支払いを命ずる。慰謝料の額は追って知らせる」

今回、ルーグルト家がこの件に関わっていたかどうかということが曖昧だった。しかし、ブラッドリー王子の調べにより、ルーグルト侯爵は息子であるジョセフの悪事を少なからず把握していて目を瞑っていた結果この事件が起きたと判断された。

ジョセフの使用人は全て隣国の者であったため、今後は色々と情報を自白させるという。その後の処分は明確にされなかった。

ドワーフの国とは今回のことで関係性にヒビが入ったようだが、不可侵条約はそのまま保たれるそうだ。

全てが明るみに出た形で閉廷すると、王族が謁見の間から退室する。足取り軽いブラッドリー王子とは対照的に、第二王子の足取りは重たかった。

無事に終わったが、疲れた……。

難しい話でも最後まで眠らずに聞いていたルリも疲れたようで、どんよりとしていた。

離宮に戻ってゴロ寝をしようと意気込んでいたら、王の従者から声を掛けられる。

「子爵、令嬢と共に別室に来るようにと、王の指示です」

「もちろんでございます」

父が作り笑いで返事する。

別室に入ると、王とブラッドリー王子が並んで座っていた。

王が満面の笑顔で言う。

「子爵、よう来た。そこに娘と共に座れ」

「はい」

座ると豪華なグラスにワインが注がれた。私はジュースでルリには葡萄《ぶどう》が出された。

「今回は貴族の膿《うみ》が出せたことに乾杯である」

王がワイングラスを一気飲みすると、ブラッドリー王子と父も同じようにグラスを空にしたので私も続く。ルリがそれを見て急いで葡萄を口いっぱいに入れると王が声を出して笑う。

「これが聖獣であるなどと誰も気づかぬな」

王の目力が凄く、何も悪いことはしていないのに緊張感が走る。

「父上、そのように子供に威圧を掛けるから孫にも怖がられているのですよ」

「お前の息子が軟弱なだけだ。見よ。令嬢は真っ直ぐにこちらを見ているぞ」

いや、私も普通に怖いです。あと、ブラッドリー王子は息子さんがいたのか……お父さん譲りの美形に違いない。

王が再びワインを一気飲みして言う。

「では、用件を言う。エミリオ伯爵としてオベリア伯爵の領地を治めよ」

「……私にはもったいない話でございます」

父が難しい表情で額から出た汗を拭く。子爵から伯爵への陞爵《しょうしゃく》……聞こえはいいが責任も重たくなる。なにしろ政治的な頭脳がないとすぐに足を掬われてしまうと思う。権力への野心がゼロの父では無理だ。

　王が前のめりになりながら問う。

「断るのか？」

「い、いいえ。しかし私はサンゲル領を復興する責務があります。双方の領地を治めることは不可能でございます」

「うむ。欲のない奴め。まぁ、いい。だが、令嬢はまた別の話だ」

「え？　私？」

　思わず声が出る。

「そうだ私だ。令嬢の持つ魔力値は計り知れない。見よ、これを」

　従者がハンカチから壊れた時計を出す。えと、これは何？

「貴族用の魔力値を測る魔道具だ。どんな状態だ？」

「壊れています」

「令嬢の魔力値を測った後に壊れたのだ。これは一大事だぞ。さてさてどうする」

「しょんな……」

　王はなんと離宮の使用人にこっそりと私の魔力値を測らせていたようだ。怖い怖い。王族怖い。縮こまっているとブラッドリー王子が苦言を呈する。

「父上、ルシア嬢とエミリオ子爵が怯えている」

「ふむ。それでは選択肢を与える。エミリオ、お前が伯爵になることは決定だ。だが、領地に関しては猶予をやろう。十年だ。そしてルシア、お前は十三になったら王都の魔法学園に通うこと」

王はそう言うと、再びワイングラスに口を付けたので手を上げ王に尋ねる。

「あの、もう一つの選択肢はなんでしょうか？」

「ああ、これを断るのであればルシアをこのまま王宮に置いて行ってもらう」

それ、選択肢……なの？　一択にしか聞こえないですよ！

結局、父は最初の選択肢を選んだ。その一択しかなかった……。

王たちが退室した部屋で父が寂しそうに言う。

「ルシア、済まない」

「ルシアは大丈夫です！　あと十年もあるのです。これから領地を潤しまくってオベリア伯爵の領地なんか比にならないくらい発展させればいいのです！」

高々と拳を上げると、釣られて父も元気になりルリと一緒に三人で拳を上げた。

離宮に戻るとジェイクとロンが出迎えてくれた。

「お嬢、元気だったか？」

「ロンが騎士みたい」

「みたいじゃない。今回の任務で騎士になったんだ」

「おめでとう！」

ロンが騎士の剣を見せてくれる。立派な剣だ。

ジェイクが父に礼をする。

「子爵、この度の勝利、おめでとうございます」

「ああ、ありがとう。だが、私はやはり政治には向いていないようだ。今は早く領地に戻って畑仕事がしたいよ」

「ルシア嬢のためにそうも言っていられないでしょう？」

「ああ、ジェイク殿の言う通りだ」

「ルシア嬢もこれから大変でしょうが、せめて甘い物でも食べて元気が出るように、今日は王都で人気の店のケーキを持ってきましたよ」

ジェイクが箱いっぱいに入ったケーキを開ける。

「美味しそう！　早く食べよう」

『ルリもルリも！』

それから二日後、私たちは無事シトラスさんの転移で領地へと帰った。

ルシア、領地を潤す

ジョセフと伯爵の判決から一年、私は四歳になり領地は収穫の時期を迎えていた。身長も少し伸び、顔はますます亡き母に似てきた、と父に毎日言われている。

事件以来、女神様の姿は見ていない。もしも女神様が私を覗いているのなら、言われた通りに「好きなように生きています」と伝えたい。

ジョセフはその後、判決通り厳格な男子修道院に送られたと聞いた。

ルーグルト家は伯爵に降格した後、今までのジョセフの悪事を隠していたことについて被害を受けていた貴族からも追及され、それをきっかけに徐々に政治的な力を削がれているらしい。

オベリア伯爵は他にも罪がわらわらと出てきた結果、毒杯を飲むことになったという。

オベリア伯爵が父を殺害したいとまで疎ましく思っていた理由だけれど……。それは、父が関わった王都の水路関係で損をしたということもあったようだが、一番の理由は、その昔、オベリア伯爵は私の母に懸想していたからだという。

そしてオベリア伯爵は、思い人を奪った挙句殺されたと、父のことを恨んでいたらしい。でも、父と母は政略結婚なので別に奪ったわけではない。それに母は病死したのだ。思い込みで恨むとか、迷惑な話だと思う。

第二王子は侯爵家と伯爵家という後ろ盾を失い、王位継承権の競争はブラッドリー王子が何歩も先を行く結果になった。結局、全てブラッドリー王子の思い通りに事が運んだような気がする。

私はというと、ルリとこっそりと領主邸に帰宅、バネッサに見つからないように――。

「ルシア様、ルリ様！　また勝手に町の外に出ていましたね！」

「えと、どうしても、バネッサの好きな果物を採ってきたかったの」

「ルリが一番おいしいのを選んだの！」

目を吊り上げて怒るバネッサに町の外で採れた梨と葡萄を見せながら謝る。

「まあ――いいえ、今回は絶対に許しません！」

最近、私の上目遣いはバネッサには効きが薄くなってきている。

チラッとバネッサを見上げると、判断を迷っているようだ。よし、上目遣いマックスで押そう。

心の中でルリに話しかける。

『ルリも一緒にお願い』

『分かったの』

二人でバネッサに上目遣い攻撃を仕掛ける。

「わ、分かりました。今回だけですからね！」

「えへ、バネッサありがとう」

「今日はこの梨で旦那様が好きなパイでも作りましょう」

「私も梨のパイ大好き！」

父は相変わらず領地の仕事で忙しい。でも、今は数日後に行われる父が領主になって初めての収穫祭を楽しみに仕事をこなしている。

女神様はちゃんと約束を守ってくれたようで、領地は少しだけ土地が豊かになった。

でも、さらに領民と土壌改良を行い、今年の初めには、ついに米の苗を手に入れた。初夏に試しに畑の一角で田植えをしている。

田んぼには、成長具合を比較するために、私のマシマシ魔力で出した泥、それから通常の泥を使用した二つの田んぼを設置した。

田植えは領民たちと行い、みんな泥だらけになりながらも、米という新しい作物を楽しみにしていた。

もうすぐ収穫時期を迎える今、私の魔力マシマシ泥田んぼの方が明らかに実の付きが大きい。

問題は味だ。早く食べ比べがしたい。

父の執務室にバネッサの作った梨のパイをルリと運ぶ。

「お父さま、休憩の時間です。梨のパイを持ってきました」

「おお、私の好物だ。それじゃ少し休憩をしようか」

父と一緒に梨のパイを堪能する。父の手がもう一切れパイを取ろうと伸びる手を止める。

「お父さま、最近また太りませんでしたか？」

「あ、うーん。分かるかい？　みんなの食べ物がおいしくて、つい」

父が苦笑いをしながらポッコリ出たお腹を撫でる。

領民からのおすそ分けをたくさん貰っているおかげで、ここ数か月で父は少しぽっちゃりとしてきていた。身体は丈夫だろうけれど、ズボンは少しきつそうだ。

「パイは一切れまでです！」

同じく次のパイに手を伸ばしていたルリがビクッとする。ルリのお腹もパンパンだ。

「みんなでダイエットしないと……」

「お菓子やサツマイモが食べられなくなるの？」

ちょこっと立ちをしながら悲しそうな顔で尋ねたルリに笑顔を返す。

「そんなことないよ。ただ、量をすこーし減らそうねって話。えとね、腹八分だけ食べるの。お父さまにはいつまでも元気でいてほしいでしょ？」

「うん！　分かったの。ルリもサツマイモは八頭分にするの！」

勘違いしたルリが次の日からサツマイモを八頭分してハンカチに包んで持ち歩きながら食べていたのはまた別の話だ。

サンゲル領収穫祭の日、父とみんなで祭りが行われていた町の中心へと出かける。

祭りの会場は花で飾られていて、色とりどりの布で町中が飾られていた。もちろん、出店もたくさん並んでいて、美味しそうな匂いがあちらこちらからした。

「ルシア様、うちの焼き鳥を食べていってください？」

「エミリオ様もエールをどうぞ！」

「ルシア様、甘い物もあるよ！」

「ルリ様にはサツマイモがあるよ！」

あっという間に私たちの両手には大量の食べ物が持たされた。たくさんの美味しいものが溢れて本当に嬉しいけれど……。

「ダイエット、今日は休みかなぁ」

「うむ。そうだね」

父が嬉しそうに笑う。

「でもお父さま、食べすぎには注意ですよ」

「うんうん。分かっているよ」

本当かな？　焼き鳥を二ついっぺんに頬張る父を疑いの目で見る。

「ルシア、見て。みんなが踊っているの！」

ルリが体を揺らしながらはしゃぐ。

すでに収穫祭用の女神像の前では領民が楽しそうに音楽に合わせて踊っていた。

踊っていたカップルが私たちに手を振る。クリスとカリンだ。二人は、父が領主になって初めて結婚式を挙げた夫婦だ。来年には第一子が産まれる予定だ。ジョセフのせいで領民が結婚できない状態が数年続いていたが、王城から戻った後のひと月で五組の夫婦が誕生していた。

「賑やかですね」

「ベン様！　こんにちは」

ベン様は中央神殿から新しく配属された若い神官だ。とても穏やかだけれど優秀な人だ。以前の神官は数々の愚行が中央神殿本部に露見して破門されたと聞いた。現在はどこにいるのか誰も知らない。

ベン様がサンゲル領に来てから領民の子供たちの多くが祝福の儀を受けなおした。女神様にお願いしたせいか、子供たちの多くがとてもよい魔法を授かった。

今まで数年間も前の神官に嘘をつかれ祝福適性無しの烙印《らくいん》を押されていた子供たちだったので本当によかった。

女神様に見捨てられたと思っていた領民たちは、それに感動して女神様をますます崇拝するようになった。

「ルシア様！」

「ティルム！」

ティルムがたくさんのパンケーキを運びながら声を掛けてくる。

「僕、パンケーキジャムの屋台をだしたんだ。あっちの方だから、後で見に来てね」

「うん。絶対行くね」

尻尾を揺らしながら、パンケーキを運ぶティルムの後ろ姿を笑顔で見送る。

始めこそは少し衝突があったものの、獣人たちはすっかりサンゲル領の一員となっている。

それに獣人たちが増えたおかげで、以前よりも領の畑の範囲を広げることもできた。獣人たちは魔法はあまり得意ではないが、身体的能力が高く、領民ともうまくバランスが取れている。

夕方になり、辺りが暗くなり始めると松明に灯りがともされた。

賑やかな昼間と違い、女神像の前に領民の全員が天灯《てんとう》を持って集まってきた。

子供はこういう時に困る……つま先立ちをしながら上を見ようとするが無駄だった。

「ルシア、おいで」

父にひょいっと持ち上げられ肩車をされる。

「わぁ」

「どうだ。見えるかい？」

「はい！」

「ルリもルリも！」

ルリが小さな前足を上げると父がその可愛さに悶《もだ》えそうになる。

ルリと一緒に父の肩の上から収穫祭の儀式を観覧する。

儀式の祈りの時間になり、全員で手を合わせ、願い事を祈る。私の願い事はすでに女神様が叶えてくれているけれど……領地が繁栄して、みんなが健やかに生活できるよう祈る。

最後にゆっくりとみんなの手から離れた天灯が夜空を幻想的に舞う。

「綺麗……」


収穫祭の帰り道、ルリに尋ねる。

「ルリは何を願ったの？」

「サツマイモがたーくさん食べられますようにって！」

ルリらしい願い事で、ほっこりする。

「バネッサは？」

「私はルシア様が危ない冒険をほどほどにしてくれるよう祈りました」

「う……ごめんなさい」

バネッサを見上げると悪戯《いたずら》な表情で微笑まれる。

「嘘です。ルシア様がこれからも安全に育つように祈りました」

「へへ。ありがとうバネッサ」

父が私を撫でながら尋ねる。

「ルシアは何を願ったのだい？」

「領地が繁栄して、みんなが元気でいることです。お父さまは？」

「私も同じだ。それに加えてルシアがスクスクと成長しますようにと願ったが……急いで成長されると父は悲しい」

「ルシアはずっとお父様の傍にいます」

「それは嬉しいが、それも困りものだなぁ」

「だってルシアがいないとお父さま、大きな豚さんになりそうでしょ？」

「う、確かにそうかもしれないね」

そんな話をしてみんなで笑いあって領主邸へと帰った。

これからも父と一緒に領地を潤わせ守っていくと胸に刻みながら——。

完

あとがき

この度は、たくさんの小説の中から、この本をお手に取っていただきありがとうございます。作者のトロ猫と申します。

今回、初めて完全書き下ろしを書かせていただきました。

いつもですと、作品を先にWEBで公開、読者様と楽しみながら一冊を書き上げているのですが、一人で黙々と行う執筆作業は思っていたより苦戦しました。

主人公のルシアは明るく、子供ながら頼もしい性格をしております。

ルシアに助けられ仲よくなるルリは、見かけはミーアキャットですが、アマリアルという聖獣です。ルリは、素直で一途な性格でサツマイモが大好きな子です。

ルシアが三歳という年齢、この年頃は通常ですとまだ舌足らずな子も多いと思います。全てのセリフを赤ちゃん言葉にするか否かは書き手としても悩みどころでした。ですが、赤ちゃん言葉が続くと自分で読んでいてもテンポが遅くなるなと……。ルシアは中身が大人ですので、舌足らずとの葛藤の塩梅もこの物語の一つとして楽しめていただけたらと思います。

ルシアは泥という魔法の使い手です。これは、一見、使い勝手が悪いと思われる属性かなとも思いますが、ルシアは泥をコミカルに利用しながら問題を解決して領地を潤していきます。

そんなルシアの冒険を楽しめていただけたら幸いです。

最後となりましたが、書籍化までサポートいただいた全ての方々に感謝したいと思います。

担当者様をはじめとする、スターツ出版編集部の皆さま。

可愛らしいイラストを手がけてくださったイラストレーター様。

いつも応援してくれる家族と友人。

その他、たくさんの関係者の方々。

携わった方、全てのおかげでこの一冊が完成したと思います。

そして、なによりも本作を手に取ってくださった皆さまに感謝を込め、またお会いできることを祈っています。

トロ猫《ねこ》

愛され転生幼女は
家族のために辺境領地を救います！

2024年11月5日　初版第1刷発行

著　者　トロ猫

発行人　菊地修一

発行所　スターツ出版株式会社

〒104-0031　東京都中央区京橋1-3-1　八重洲口大栄ビル7F
TEL　03-6202-0386（出版マーケティンググループ）
TEL　050-5538-5679（書店様向けご注文専用ダイヤル）
URL　https://starts-pub.jp/

印刷所　大日本印刷株式会社

ISBN　978-4-8137-9380-9　C0093　Printed in Japan

［トロ猫先生へのファンレター宛先］
〒104-0031　東京都中央区京橋1-3-1　八重洲口大栄ビル7F
スターツ出版（株）　書籍編集部気付　トロ猫先生

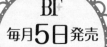

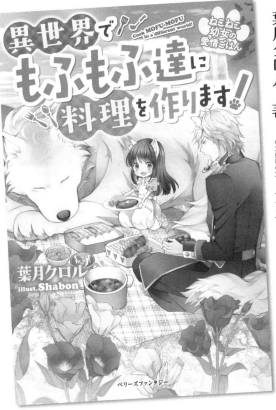

ベリーズ文庫

ベリーズ文庫の異世界ファンタジー人気作

Berry's fantasy ベリーズファンタジー にて

コ×ミ×カ×ラ×イ×ズ×好×評×連×載×中×！

しあわせ食堂の異世界ご飯 ①～⑥

ぷにちゃん

イラスト　雲屋ゆきお

定価 682 円
（本体 620 円+税 10%）

平凡な日本食でお料理革命!?
皇帝の胃袋がっしり掴みます！

料理が得意な平凡女子が、突然王女・アリアに転生!?　ひょんなことからお料理スキルを生かし、崖っぷちの『しあわせ食堂』のシェフとして働くことに。「何これ、うますぎる！」──アリアが作る日本食は人々の胃袋をがっしり掴み、食堂は瞬く間に行列のできる人気店へ。そこにお忍びで冷酷な皇帝がやってきて、求愛宣言されてしまい…!?

ISBN：978-4-8137-0528-4　※価格、ISBN は 1 巻のものです